KB250988

영원히 계속되다가 끝이 난다

IT LASTS FOREVER AND THEN IT'S OVER

영원히 계속되다가 끝이 난다

앤 드 마르켄 소설
송예슬 옮김

IT LASTS FOREVER AND THEN IT'S OVER

너라는, 그 불확정적이고 난잡하고 광활한 대명사 없이,

우리는 망가지고 추락한다.

— 주디스 버틀러

M에게

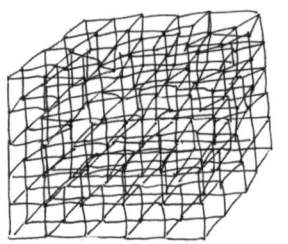

1부

우리는 이야기를 말하는 이야기들, 아무것도 아니다.

—페르난두 페소아

오늘 나는 왼팔을 잃었다. 팔은 어깻죽지에서 깔끔하게 떨어져 나갔다. 2번 재니스가 그걸 주워다 호텔로 챙겨 왔다. 팔이 떨어지면 균형 잡기가 지금보다 더 힘들 줄 알았는데. 실제로는 이발한 느낌이다. 남은 몸을 감싸는 공기가 달라진다. 그리고 번갈아 찾아오는 낯섦과 허전함의 감각—자유로운 나, 죽지 않은 나, 나를 쳐다보지 말아 줘.

살아 있는 재니스는 한 명도 모르는데 지금은 재니스를 셋이나 알고 있다는 게 참 이상하지 않아?

온종일 침대에 머문다. 오른쪽으로 돌아누우면 왼팔이 여전히 내 몸에 붙어 있는 것처럼 균형을 잡을 수 있다. 아니면 그게 네 것인 척할 수도 있다. 너와 내가 함께 침대에 누워 있는 거라고. 우리가 모래 언덕으로 담요를 가져가 함께

덮었던 때를 생각한다. 잠에서 깨면 머리카락에서도 눈자위에서도 모래가 나왔다. 하늘만큼 광대한 바다의 소리. 잠이 그립다. 네가 그립다.

—

미첨은 내가 현실을 부정한다고 한다. 경이로움이 아니라 상실감에 몰입하니까 우울한 거라고. "새로워진 네 존재를 받아들여." 그는 말한다. 나는 외팔로 존재하는 나를 상상해 본다.

살아 있을 때는 세상의 종말이라고 하면 구원 같은 것을 생각했다. 이를테면 정화 같은 거. 아니면 못해도 단순해지는 것. 덜어 없애 바로잡는 것. 텅 빈 도시들, 자연으로 돌아간 땅을 상상했다.

그런데 그건 미래였다. 이게 현재고.

세상의 종말은 네가 기억하는 모습 그대로다. 아포칼립스를 상상하려고 하지 마. 모든 건 변함없으니까.

미첨이 그러는데 우울할수록 사소하고 일상적인 일을 하는 게 중요하다고 한다. 종일 빈둥대는 날에도 침대는 정리해야 한다. 오늘 아침에는 미첨이 내 방에 들어와 커튼을 걷어 젖혔다. 창문을 등지고 내 옆에 서니 반달 모양 머리가 역광에 드러났다. 미첨은 바닥에 놓인 내 팔을 집어 들어 내가 책임져야 하는 물건인 양 내게 내밀었다. 그가 말했다. "너는 큰 상실을 겪었지"라고. "이건 그냥 네 팔이 아니야"라고. "너는 네 삶을 애도하는 거야"라고. 미첨은 남근을 잃고서부터 현자가 됐다. 미첨이 나가고, 나는 커튼을 도로 쳤다. 방문의 바닥 틈새로 상시 켜져 있는 복도 불빛이 기어든다.

어제는 미첨이 로비에서 설교했다. 오늘은 옥상에 자리를 차렸다. 어느 방에서 가져온 협탁 위에 그가 올라선다. 나중에 보니까 밥이 미첨의 것과 비슷한 판초를 입고 미첨을 졸졸 따라다니고 있었다. 이런.

—

고생고생해서 팔을 고정하는 벨트를 만들었다. 그런데 너무 무겁다. 무거워 죽겠다. 하하.

오늘은 소맷동에 단추가 달린 셔츠를 건졌다. 빨간색 셔츠다. 셔츠에 팔을 넣고 단추를 잠갔는데, 태는 안 난다. 왼팔이 팔꿈치까지 쑥 소매 밖으로 미끄러져 나와 내 눈앞에서 덜렁거린다. 탈구된 마네킹 팔처럼. 방향을 바꿔 내 옆구리를 찌르기도 한다. 보고 있으면 이상하다. 내 손을. 내 손목을. 그 손톱들을.

　물가에 연기가 내려앉았다. 뜨고 지는 태양도 흐리고 찌뿌둥하다. 검붉은색의 보름달. 호텔도 내부까지 뿌옇다. 긴 복도 끝에 달린 출구 유도등은 침침해서 제 역할을 못 한다. 들불, 맞불, 이어지는 급습. 어디를 보아도 우리가 놓은 불길이 타오르고 있다.

　미첨은 오늘 밤에도 옥상에서 설교했다. 오직 죽지 않은 자만이 삶의 의미를 진정으로 이해할 수 있다고 했다. 삶의 의미란 없다는 것을. 밥도 그 자리에 있었다. 승진한 모양인지 이제는 협탁을 챙겨 다니면서 미첨이 그 위에 올라서면 자기도 옆에 서 있는다. 신도와 종교, 먼저 존재한 것은 뭘까? 이제는 다른 사람들도 나타난다. 얼마나 이상한지 모른다. 누가 공중으로 손을 들면 하나둘씩 따라 든다. 누가 앓는 소리를 내면 다 같이 앓는다. 이게 어디로 흘러갈지는 빤하다. 부흥회 이야기가 나오기 시작한다.

—

그런데 문제가 있다. 우리 대부분은 우리가 누구인지… 과거에 누구였으며… 지금은 누구인지 기억하지 못한다. 우리는 자신을 연기하는 성격파 배우인 거다. 알아볼 수는 있는데 이름은 모르겠는 자신을 연기한다.

이걸 유독 못 견뎌 하는 호텔 손님들이 있다. 그들은 늘 간단한 것이 기억나지 않는 사람 특유의 곤란하고 심란한 표정을 짓고 있다. 그들은 서로 뭉쳐 다닌다. 모여 앉아서 이름들을 하나씩 소리 내어 뱉어본다. 그러다 자기 이름을 들으면 알게 되지 않을까 싶어서, 그들은 벽에, 엘리베이터에, 옥상 환기통에, 모든 것을 뒤덮은 먼지 먼지 먼지에 이름들을 끄적인다. 원하는 이름을 직접 고를 수도 있다. 누군가에게 물려줄 수도 있고. 그런데 이미 주인이 있는 재니스라는 이름을 굳이 고르는 이유는 뭘까? 또 대체 누가 자기 이름으로 밥을 고르는데?

카를로스가 그러는데 이름은 가장 일상적인 의례다. 우리를 서로와, 인간성과 이어주는 "짧은 기도". 그가 나에게 이야기를 들려준다. 어린 시절 그에게는 아끼던 장난감이 있었다. 자기 가족 농장의 트럭을 닮은 자그마한 트럭 모형 장난감. 카를로스는 그걸 늘 주머니에 넣고 다녔다. 금속 차

체에 검은색 경질 고무로 된 바퀴가 달려 있었고, 차창이 있어야 할 자리는 그냥 뻥 뚫려 있었다. 색깔은 초록색이었는데, 군데군데 페인트가 벗겨져서 쇠붙이의 탁한 회색이 드러나 있었다. 카를로스는 걸을 때 주머니에서 트럭을 꺼내 난간에, 벽에 굴리고는 했다. 자기 몸에도 굴렸다. 팔뚝에, 얼굴에 굴러가는 바퀴의 감촉이 좋았다. 집 뒤뜰 화단에 트럭이 다니는 길을 만들기도 했다. 트럭 안에는 종이로 만든 자기 분신을 슬그머니 앉혔다. 카를로스는 트럭을 타고 어디로 가는지 이야기를 꾸며냈다. 짐칸에 풀을 집어넣고 자신과 아버지가 소 떼에 먹일 건초를 나르는 척했다. 실제로도 둘은 그랬다. 하지만 상상에서는 꼭 자신이 차를 몰아야 했다. 여덟 살이 되던 해 남동생이 태어났고 엄마가 죽었다. 카를로스는 양말로 트럭을 싸서 땅에 묻었다. 한동안은 그 트럭을 잊고 살았다. 지금도 어디에 묻었는지 기억은 나지 않는다. 하지만 분명 어딘가 묻혀 있다는 것은 안다. 모든 게 달라지기 전의 시간이 분명 존재한다는 것도. 카를로스는 우리의 이름도 그렇다고 말한다.

"하지만 당신 이름은 카를로스가 아니잖아." 내가 말한다.

"카를로스는 내가 나에게 준 이름이야." 그가 말한다.

"카를로스처럼 보여." 내가 말한다.

물은 적은 없지만, 마르그리트의 본명은 마르그리트가 아닐 것이다. 마르그리트라니 프랑스어 수업에서 고를 법한 이름이다. 내가 고른 이름은 주느비에브였다. 그건 기억이 나는데, 진짜 이름은 기억이 안 난다. 내 이름이 그립지는 않다. 굳이 새 이름으로 바꿀 필요도 못 느꼈고. 네 이름은 그립다. 미안하게도 그 역시 까먹었지만. 벽에서 네 이름을 찾지는 않는다. 뇌놓고도 몰라보고 다음 이름으로 건너기는 건 생각만으로 끔찍하니까. 다음 세상에서 너를 만났는데 못 알아보는 것만큼이나.

마르그리트는 회색 머리를 양 갈래로 길게 땋아 왕관처럼 머리에 둘렀다. 머리 타래 안에는 뭔가를 꽂아놨다. 깃털. 연필. 빵 끈. 바비 인형 팔. 나는 마르그리트에게 안톤과 오리지널 QB에 관해, 네가 네 아빠처럼 운전하던 것에 관해 들려준다. 마르그리트는 내가 계속 떠들게 내버려둔다. 혼자 생각에 빠져 있는 것 같다.

호텔 손님 중에는 유별난 이야기꾼들이 있다. 누구는 웃기는 데 소질이 있다. 누구는 좀 더 흥미진진한 삶을 살았다. 자기 삶을 남들보다 잘 기억한다. 이야기를 잘 지어낸다. 가끔 우리는 주제를 하나 정해놓고 무작정 이야기를 늘어놓는다. 첫 일자리. 고향. 부모님. 음식. 블레이크라는 이름의 손님은 한 가지 이야기만 반복한다. 사실은 이야기라고도 할 수 없다. 그냥 포도 맛 풍선껌을 한 통 훔치는 게 내용의 전부니까. 앨리슨이라는 이름의 손님은 영화 〈문스트럭〉의 모든 대사를 외우고 있다.

누가 농담이나 해봐.

저 사람 기도하는 거야?

피를 배 불리려면 핏덩이를 먹어줘야지.

어제는 나를 보며 말했다. "내 손 어디 갔어? 내 신부 어디 갔어?"*

내가 다른 손님들의 이야기를 내 것으로 혼동하면 어쩌지. 내가 딸기 맛 아이스크림을 좋아했던가? 내가 에드의 다리만 한 주키니 호박을 길렀던가? 나에게 초록색 트럭 장난감이 있었던가?

네 이름을 기억하게 되더라도, 그게 진짜 네 이름이었다는 걸 내가 어떻게 알지?

빨간색 셔츠를 구했다고 말했던 건, 내가 죽여서 잡아먹은 남자의 몸에서 벗겨 냈다는 소리다. 나는 너에게 사람 죽

---

* 〈문스트럭〉에서 니컬러스 케이지가 연기한 인물 로니 카마레리는 빵 기계를 조작하다가 왼손이 잘리는 사고를 당하고, 이후 약혼자와도 이별하게 된다.

이는 이야기는 하지 않는다. 잡아먹는 이야기도. 네가 어떻게 생각할지로부터 나를 지키려는 거다. 죽은 너로부터.

죽일 의도가 없었던 것은 먹지 않는다는 게 한때 나의 원칙이었다. 나는 고기를 먹는 사람들에게 이렇게 말했다. "진짜 배고파지면 소를 죽이고 싶어질지도 모르지." 말하자면 실용에 입각한 도덕률이었다. 하지만 그건 도덕이 아니다. 한 자연요법 전문가는 나더러 혈액형 유형을 따라 반드시 고기를 먹어야 한다고 했다. 그 여자 이름이 뭐였더라? 아무튼 이제 나는 고기를 먹는다. 그리고 굶주림에 관해 미처 몰랐던 것들로 책 한 권을 쓸 수도 있다.

사실 그 원칙은 살고자 하는 각 동물의 의사 표현을 내가 얼마만큼 무시할 수 있느냐와 관련이 있었고, 그것은 동물이 자신의 개성과 고통을 나에게 얼마나 효과적으로 전달하느냐 하는 문제와 바로 이어졌다. 작은 바지락을 한 솥 찔 때 그 조개들이 보이는 실존적 위기의 징후들은—조개들의 두려움은 너무 나간 표현이 아닌가 싶다—못 본 척 넘길 수 있을 만큼 일반화되고 불가해해졌다. 그렇게 나는 내 행동의 실상과 여파를 나에게서 은폐했다.

나는 빨간색 셔츠를 입은 남자를 조개보다도 신경 쓰지 않았다. 그래도 옷을 벗기려니 이상했다. 너무 친밀하다. 셔츠 버튼을 풀고. 소매에서 팔을 빼내고. 잠든 아이의 옷을 벗기듯. 어색하다. 보드랍다. 주근깨 난 그의 피부. 오목한 그의 횡격막. 그의 젖꼭지. 한 팔 안쪽에 보라색 흉터가 있었다. 길고 가느다란 모양이 예전에 내가 머리 마는 기계를 쓰다가 얻은 화상 자국 같았다.

육체flesh라는 말을 쓰고 싶지 않다. 너무 중요하달지 보편적으로 들리기 때문이다. 마치 그와 내가 더 커다란 무언가의 일부인 것 같아서. 어두운 선사 시대부터 시작되어 다른 배우들이 물려받아 이어갈 역할을 맡은 배우들이 된 것 같아서. 배우도 역할도 완전하지 않고 어떤 행동에도 책임을 지지 않는다. 의례라는 게 그렇다. 우리에게 구실을 준다. 위안을 준다. 거대하고 형언할 수 없는 맥락에 우리를 가져다 놓아서 그것을 진실인 양 혼동하게 한다. 왜냐면 의례는 비인격적이니까, 계보가 있으니까, 우리가 상상할 수 있는 만큼—하지만 딱 그만큼만—확장되니까.

그 남자의 다리는 먹었지만 발은 남겨놨다고만 말해두겠다. 그의 뼈는 핑크빛이 도는 푸르스름한 색이었다.

오늘은 마르그리트, 카를로스와 물가에서 수영했다. 정확히는 물살을 헤치며 걸었지만, 어쨌든 실컷 있다가 왔다. 우리는 몸이 다 잠길 때까지 물속으로 들어가서도 걸을 수 있다. 어릴 때 그런 꿈을 꿨다. 바다 밑바닥을 걸어 다니고 바닷물이 걸쭉한 공기인 양 그 안에서 호흡하는 꿈. 요즘은

해파리가 나오는 철이다. 해파리들은 낮에 뜬 창백한 달무리처럼 우리 주위를 흐느적댔다. 어쩌면 아름다움에 관해 미첨이 한 말이 옳은지도 모른다. 아름다움이 지속되는 이유는 그것이 몇 안 되는 진짜여서라는 거다. 아름다움. 꿈. 지루함. 굶주림. 굶주림은 진짜다, 그 무엇보다도.

현재의 나와 과거의 내가 가장 다른 점은 아마 공포에 대한 내성일 것이다. 나는 이것이 고통의 추상화와 관련이 있다고 본다. 신체적 고통. 정서적 고통. 타인의 고통. 나의 고통. 여전히 움찔하기는 한다. 그리고 분명 어딘가 고통은 존재한다. 그런데 거기 갇혀 있다. 작고 보이지 않는, 아포칼립스도 견디는 씨앗 속에. 우리 각자의 중심에 원자보다 작은 곤충의 작고 반투명한 알이 놓여 있다. 우리가 사라진다면, 정말 그렇게 된다면, 우리의 흔적은 그뿐일 것이다. 화석이 된 고통. 탄소가 아니다. 모든 고통이 침잠할 고통의 지층이 생길 것이다. 고통 셰일shale. 고통 광맥. 눈물, 한숨, 흐느낌, 탄식, 절규를 잇댄 석영 합자合字. 더 이상의 삶이 사라지면 그때 고통은 진가를 발휘할 것이다. 고통 인플레이션이 고통 시장을 주도할 것이다. 사금 채취꾼처럼 고통을 체에 거르는 고통 채취꾼이 등장할 것이다. 고통 수압파쇄기. 고통 원심분리기. 우리는 거대한 고통 충돌기를 만들어서 고통의 은밀한 구조를 까발리고 우리가 상실한 인간성이 희미하고 가녀린 숨을 내뱉게 할 것이다. 인간성. 바로 그 단어.

우리가 살아 있는 자들을 죽이는 건 아마도 그들의 고통에 가닿기 위해서가 아닐까. 혹은 우리 자신의 고통에 가닿으려고.

—

나는 골렘golem*을 생각하고 있었다. 내가 꼭 골렘 같다고 생각했다. 이제 나는 짐승보다 흙덩이에 더 가깝다고 느낀다. 진흙이 덕지덕지 붙은 꼬챙이에 누더기를 걸치고 살아 있는 존재처럼 보이며 행동한다. 그러다 생각했다. 사실 나는 올빼미 펠릿pellet**에 더 가깝다고. 뼈와 털이 섞인 토사물이 걸어 다니고 이야기한다. 그런데 이 생각이 그냥 혼자 하는 우스갯소리가 아니라 하나의 아이디어가 되었다. 한밤중 떠올린 아이디어. 요즘 내가 하는 생각이 다 그렇다. 완벽하게 또렷하고 완벽하게 엉터리다. 나는 아주 오랫동안 잠들지 못하고 있다. 죽어서 영원히 잠든 것과 정확히 정반대의 상태다. 나는 새 팔을 만들기로 했다. 올빼미 펠릿 팔을

* 유대교 전설 속 주문으로 생명을 얻어 움직이는 진흙 인형.
** 올빼미가 소화하지 못한 털이나 뼈 등을 토해 낸 뭉치.

만들자. 진흙과 머리카락으로. 나는 너를 깨워 말을 건네는 척했다. 큰 소리로. "내가 깜빡하면 알려줘야 해. 올빼미 펠릿 말이야."

  너에게 이미 했던 이야기지만, 또 말하려 한다. 내가 어린 시절 엄마가 축사에서 일할 때 나는 온종일 말처럼 살았다. 곡물 통에서 당밀을 입힌 귀리를 먹었고, 구유에 담긴 물을 마셨다. 뛸 때도 말처럼 달렸다. 숲 변두리를 돌아다니면서 적당한 길이의 나뭇가지 두 개를 구해 앞다리 삼아 양손에 쥐었다. 나뭇가지를 쥐면 스스로 보기에도 느끼기에도 말 같았다. 내가 스스로 보기에도 느끼기에도 인간 같을 수 있는 건, 내가 가진 인간의 형체 때문이다. 그런데 팔이 없으면 그러기가 훨씬 힘들다. 네가 여기 있다면, 우리가 언제 만나게 되든지 나와 사랑에 빠질 거라고 말했을 텐데. 내가 말이었어도 너는 그랬을 거야. 심지어 지금도 그렇게 말했을걸. 지금조차도 결국 너는 나와 사랑에 빠졌을 거야.

                             —

  막 떠오른 것처럼 했던 이야기를 또 하던 우리가 그립다. 이미 알고 있는 사소한 정보를 물으면서 놀던 것도. 그랬기에 우리는 달라졌어도 서로 알아보지 않을까. 허물을 벗은 뱀이 여전히 똑같은 뱀인 것처럼. 그런데 이제 우리는 그냥 이야기들이다. 너. 나. 우리 모두. 그냥 쇳소리 나는 껍데기. 미첨은 이게 우리가 우월한 증거라고 한다. 창조주인 동시에 피조물이기에.

엄밀히 말해 아무것도 달라지지 않았다고는 말할 수 없다. 모든 게 더 멀어졌다. 더 조용해졌고. 조용하니 더 공허해졌다. 밤에 거리를 걸을 때 변화는 특히 도드라진다. 사물이 가라앉는 소리를 들을 수 있다. 낡은 집이 어떻게 가라앉는지를. 삐걱거리고 터지는 소리를. 어떤 건물들은 지반으로 꺼지고 있다. 찌그러지는 벽. 닫힌 채로 박혀가는 문. 가끔은 느닷없이 유리창이 깨진다. 뼈가 아스러지는 그 소리. 아니면 창틀에서 판유리가 빠져버린다. 가게들의 전면이 휑해 보이는 이유가 유리창이 죄다 깨져서라는 것을 마침내 알게 된다. 군데군데 아스팔트가 갈라져서 오래된 벽돌 포장길이 드러나 있다. 그걸 보면 전혀 모르는 무언가가 괜히 그리워진다.

그리고 달은 늘 보름달이다.

팔을 챙겨 물가로 갔다. 거위들이 풀을 뜯고 똥을 싸는 풀밭과 물 사이 가느다란 땅에 팔과 나란히 앉아 있었다. 개 한 마리가 나타나 팔 주위를 킁킁대기 시작한다. 그러더니 개다운 짓을 한다. 바짝 엎드려서 팔과 함께 막 구르기 시작한다. 나는 격분해서 일어나 소리친다. 팔을 집어 들고 그걸로 개를 때리면서 소리친다. "못된 놈. 안 돼. 안 돼." 어이없지. "저리 가. 집으로 가." 내 팔이 살라미라도 되는 양 그걸 들고 개한테 겨누고 있지만, 나는 무척 진지하다. 개는 자신의 나약함을 부끄러워하지만 기회가 생기면 기어코 다시 그 짓을 하려는 표정을 짓고 있다. 냄새 때문이겠지. 어떻게 참겠어.

이게 부패에 관한 질문으로 이어진다. 더 나아가 나의 생동력은 무엇으로 이루어졌고 어떻게 결집하고 분산되는지도 궁금해진다. 떨어진 팔과 연관된 나의 일부도 죽은 건가? 그것도 부패할까? 왜 내 팔은 죽었는데 나는 죽지 않아?

호텔로 돌아가는 길, 나는 죽은 까마귀를 발견했다.

까마귀에 관해 더 할 말이 있는데 어떻게 꺼내야 할지 모르겠다. 왜 그게 어려운지도 모르겠다. 일종의 고백 같다. 너는 어떻게 고백해? 나는 그 까마귀를 데려왔다. 지금 나에게 있다. 갖고 싶었다. 먹으려는 건 아니고. 하지만 지독히도 갖고 싶었다. 성애적으로는 아니지만, 뭐 말하자면 그런 거. 그만큼 강력했다. 그리고 아주 끔찍해 보인다. 내 것이 아닌 것을 내가 원하고 있음을 깨닫는 순간. 그런데도 그걸 갖는 순간. 까마귀를 방에 데려와 그 위에 엎드려 누웠다. 까마귀 위에. 가슴 밑에 까마귀를 깔고서 그냥 그렇게 누웠다. 내가 살아 있다면, 나와 카펫 사이에 짓눌려 있는 까마귀 바로 위에서 내 심장이 뛰고 있었겠지. 까마귀의 까만 깃털을 계속 생각한다. 가녀린 다리와 오므린 발. 지금도 그것들을 생각하고 있다. 양손으로 까마귀를 안고 싶은데 나에게는 하나뿐이고 그게 모든 것의 모든 진실인 듯하다.

오늘 우리는 팔 화형식을 치렀다. 함께 뗏목을 만들어서 그 위에 팔을 올렸다. 2번 재니스의 새끼손가락도 함께 올렸다. 작은 둥지 모양의 부싯깃 안에. 어둑해질 때쯤 불을 붙여 뗏목을 물가로 밀어 보냈다. 영웅을 실어 보내듯. 안녕 팔. 안녕 새끼손가락. 미첨이 떠나가는 것들을 위해 몇 마디 작별의 말을 했다. 의례에 관해서 우리는 의견이 다르다. 미첨은 의례가 절대적으로 필요하다는 쪽이다. 나는 그가 자기 남근을 기리기 위해 무엇을 했는지 묻지 않는다.

이후에 나는 카를로스의 담배 하나를 꼬나물고 피우는 시늉을 했다. 옛날에는 추운 날 아침에 스쿨버스를 기다리면서 빅 볼펜을 담배처럼 피우는 척했었다. 입김이 담배 연기인 척하면서. 지금은 내 숨결이 숨결인 척을 한다.

까마귀가 있을 공간을 마련했다. 내 몸속에. 갈비뼈 바로 아래. 빨간색 셔츠 소매로 둘둘 말아 거기 뒀다. 작고 빨간 미라. 내 안에 까마귀가 있고 그 사실은 아무도 알 수 없다. 나는 언제나 까마귀의 존재를 느낄 수 있다. 그것은 가득한 밤하늘이고 모든 별이고 상상할 수 있는 모든 아름다운 소리와 같다. 너무 설레서 잠을 설치는 것과 같다. 열두 살이 되어 비가 내리는 밖에서 옷을 벗는 것과 같다. 야생. 소녀. 일상의 매 순간에 저지를 수 있는 일탈에 돌연 눈을 뜬다. 현재 상황에서 나에게 주어진 가능성은 과거의 나에게는 없던 것들이었다. 자유. 내 가슴 속에 까마귀가 있다.

2부

나에게는 두 가지 대안이 있다. 삼키거나 달아나는 것.

—수전 하우

내 안에 검은 깃털 달린 것이 있다. 평생 그것이 거기 있기를 나는 바랐던 것만 같다. 아니면 그걸 둘 공간을 바랐던 걸까. 가능성을.

사물에 대한 관념, 사물에 대한 감정이 사물 자체가 되어 간다. 달을 올려다보고 있으면 달이 나를 향해 말을 건넬 것만 같다. 모든 메타포가 내내 거기 존재하고 있었던 것처럼 자신을 드러낸다.

내가 가슴에서 느껴지는 감정을 까마귀라고 했던가. 이제 감정은 사물이다. 둘둘 말리고 깃털 달린 사물이 썩지 않는 내 육체 안에서 썩어들어 간다.

한때 호텔은 몸, 연옥, 잠시 머무는 모든 장소의 메타포였을 것이다. 소리를 먹는 복도. 단모 카펫의 반복적인 패턴. 촛대 모양의 벽 조명. 희미하게 익숙한 냄새가 나고 소리가 울리는 비상계단. 문 닫히는 소리. 플라스틱 얼음통. 갈고리 없는 도난 방지 옷걸이들. 아무도 사용하지 않는 서랍. 완벽하다. 그리고 지금은 우리가 이곳에 진짜로 와 있다. 우리가 언제 체크인했는지, 이 짐이 정말 우리의 것인지는 아무도 모른다.

하지만 물론 우리다. 한때 좀비는 약물 중독자였고, 텔레비전 시청자였고, 비디오게임 플레이어였다. 이제 좀비는 좀비다. 소비자가 소비자이듯.

변화가 일어나고 그것에는 소리가 있다. *시프트shift*. 긴히 필요한 조정이 이뤄지는, 사물을 제자리로 밀어넣는 소리.

까마귀가 계속 잘 숨어 있는지 확인하려고 셔츠 안을 더듬는 짓은 그만둬야 한다.

까마귀를 잡아두기 위해 내 가슴을 동여매기로 한다. 2번 재니스의 방에 있는 여행 가방에서 손톱 가위를 빌린 다음, 일련의 문제들을 해결한 끝에, 내 방 보조 침대에 깔린 시트로 제법 큼직한 붕대를 제작한다. 하지만 이 좋은 아이디어를 한 팔로는 성공시킬 수 없다는 것을 이내 깨닫는다.

나는 옥상으로 가서 마르그리트를 찾는다. "도와주라." 내가 말한다. 우리는 함께 내 방으로 간다.

마르그리트는 놀란 것 같지도 않고 아무것도 묻지 않는다. 시트 붕대의 한쪽 끝을 내 흉골에 갖다 대고 지그시 누르며 이렇게 말한다. "이대로 잡고 있어." 나는 하라는 대로 한다. 마르그리트는 한 바퀴 두 바퀴 붕대를 감기 시작한다. 빈틈없이 나를 묶어 내 가슴을 납작하게 만든다. 반창고가 달라붙는 것처럼 느낌이 좋다. 안전한 느낌.

나는 다시 셔츠를 걸치고 거울 앞에서 매무새를 확인한다. 수상쩍게 불룩해 보인다. 다시 2번 재니스의 방으로 간다. 손톱 기위를 제자리에 돌려놓고 침대 끝 거치대에 놓인 짐 가방을 뒤적거린다. 거기서 건진 후드 티를 갖고 내 방으로 돌아온다. 분홍색에 모조 다이아몬드로 '주시Juicy'라는 글자까지 박혀 있지만, 그래도 상태가 좋고 품도 넉넉하다.

마르그리트는 아무 말이 없다. "고를 수 있는 게 마땅치 않았어." 내가 말한다.

—

오늘은 밥이 미첨의 부흥회를 홍보한다고 층마다 문을 노크하며 돌아다녔다. "구원받읍시다. 메이플 룸. 오후 5시. 오늘부터 매일." 이 말을 반복하고 또 한다. 똑같은 정보가 적힌 전단도 뿌렸다. 복도에 아주 수북하게 깔려 있다.

마르그리트는 관심이 없다. "부흥이란다." 더 볼 것도 없다는 듯이, 그렇게 말한다. 정말 그런지도 모른다. 다른 한편으로 생각하면(나는 팔 한편을 잃었지만), 부흥회는 죽이는 것과 잡아먹는 것 사이에 할 일이다. 구분 없는 시간은 최악이다. 사흘 같은 하루는 더 이상 없다.

　나는 마르그리트에게 사흘 같은 하루에 관해 이야기한다. 내 기억에 마지막으로 남아 있는 그런 날은 지난여름 이전의 어느 여름날이었다. 그날 우리는 디너파티를 열었고 나는 토끼풀에 벌들이 꼬이지 않게 잔디를 깎으러 일찌감치 일어나야 했다. 자리가 부족하지 않게 접이식 나무 의자 하나를 고치기도 해야 했다. 네가 청소하는 동안 내가 음식을 만들었다. 모두가 떠난 뒤에 우리는 야심한 시각이었지만 〈마담 세크리터리〉를 한 편 봤다. (췌장암으로) 달라이 라마가 타계하면서 미국, 중국, 인도의 기후 협약이 좌초 위기를 맞는다는 내용이었다. 하지만 후계자로 지목된 미국인 꼬마는 알고 보니 환생자가 아니었고, 협상은 태양광 보조금 문제를 인도 쪽에 일부 양보하는 것으로 잘 마무리되었다. 이 에피소드가 방영된 시즌은 형편없었다. 대화를 가장한 설명이 어찌나 난무하던지. 하지만 이 에피소드의 마지막 장면은 감동적이었다. 모래 만다라를 부수는 승려들. 드라마를 다 본 후에 내가 밖으로 나가 담배를 피우는 동안 너는 내 곁에 있었다. 그날 밤 달은 보름달에 가까웠다. 너는 달이 분홍빛이라고 했지만 내 눈에는 주황빛이었다. 네가 먼저 잠자리에 들었고, 나는 야외 그릴 옆에 깜빡 두고 온 팬을 설거지했다. 고양이를 데리고 방으로 올라와 보니 너는 내 자리 조명을 켜두고 내 잔에 물을 채워놓은 채 네 쪽 조명을 끄고 잠들어 있었다. 나는 눈이 저절로 감길 때까지 십자말풀이를 했다.

이제 그런 사흘 같은 하루는 없다. 그렇게 풍성하다는 느낌은 과잉이나 부족으로 결정되는 게 아니라 유한함과 일종의 절약으로 결정되는 것이었으니까. 하루의 시간은 정해져 있으나 충분히 많이 주어졌으며 그걸 한순간도 낭비하지 않고 모조리 사용하느냐의 문제였으니까. 그런데 죽지 않는다는 건 잉여로 영속한다는 뜻이다. 달은 늘 보름달이다. 우리는 잠들지 않고도 꿈을 꾼다. 우리는 흙으로 돌아가기를 거부한다. 굶주림은 그치지 않는다.

메이플 룸은 2층 회의실 중 큰 방이다. 열 명이 넘는 호텔 손님들이 우두커니 서 있다. 몇 명은 벽에 기대어 앉았다. 다른 몇 명은 암녹색 카펫에 잠자는 척하는 액션 피규어처럼 누워 있다. 바닥에 등을 대고 누워서 다리를 일자로 뻗고 팔을 양쪽에 나란히 둔 채, 눈길을 끄는 것이라도 있는지 높은 천장을 쳐다본다. 벽에는 연한 자주색 천이 씌워져 있다. 한쪽 벽면의 높은 창문에는 버티컬 블라인드가 쳐져 있는데 군데군데 다 닫히지 않아 새어 들어온 초저녁의 밝은 햇살이 방을 조각낸다.

밥이 눈에 잘 띄지 않는 옆문으로 미첨의 협탁을 가지고 들어온다. 그걸 방 앞에 두고 자기도 그 옆에 선다. 정확히 계획된 만큼의 초가 흘렀을 때, 미첨이 뒷짐을 지고 성큼성큼 입장한다. 그리고 협탁에 오른다. 평소처럼 발목이 드러나는 정장 바지에 투명 판초를 입고 있다. 깨진 머리에는 흰 스카프를 둘렀는데 앞면에 큼지막한 황금 브로치만 아니었으면 터번이 아니라 붕대를 감은 듯 보였을 거다.

"나는 오직 내가 아는 것만을 나눌 수 있다." 불쑥 큰 소리로 시작된 설교에 나는 화들짝 놀란다. 누워 있던 호텔 손님들까지 관심을 보인다. "의미가 명료하지 않을 수 있다. 하지만 그것은 중요하지 않다. 중요한 것은 없다. 내 의미도. 그대들의 의미도. 의미는 중요하지 않다. 중요한 것은 오직 굶주림뿐."

나는 격앙되는 동시에 피곤함을 느낀다. 카를로스나 마르그리트를 찾아 주변을 둘러본다.

"우리는 모든 같은 곳에서 출발해 이곳에 도착했다." 미첨이 사방의 벽과 창문을 빙 가리킨다. "우리는 삶에서 이곳으로 왔다. 불확실과 자기기만, 연민의 외피를 쓴 폭력, 질서를 가장한 탐욕이 난무하는, 황량하고 목적 없는 세계. 지위와 계급과 인종의 세계. 삶. 두려움에 잡아먹힌 세계. 신과 과학이 주는 환상만이 유일한 위안이 되는 끔찍한 세계. 삶. 우리는 그 세계를 포기한다. 삶을 포기한다. 우리는 그곳의 불의를, 보잘것없음을, 기만을 등진다. 우리는 새로운 세계를 만들었다! 이 새로운 세계를 무어라 부를까?"

우리더러 답하라는 건지 처음에는 긴가민가하다. 그러자 밥이 나선다. 앞으로 나오더니 교관이 나오는 영화 속 교관처럼 똑같은 말을 우렁차게 되풀이한다. "이 새로운 세계를 무어라 부를까?" 그런 뒤 도로 물러선다.

기건기 헬멧을 쓴 마른 남자가 내가 서 있는 곳과 멀지 않은 자리에서 책상다리로 앉아 있다가 벌떡 일어난다. "죽은 자의 세계?"

밥은 정답인지 궁금하다는 듯 미첨을 바라본다. 미첨이 자전거 헬멧을 쓴 남자를 가리킨다. "아니!" 내지르는 목소리가 멋쩍게 갈라진다. 남자는 다시 주저앉는다. 미첨은 자기 말을 이토록 이해하지 못하는 것에 놀랐는지 터번을 쓴 머리를 가로젓는다. 나는 입을 다물고 있어 다행이라고 생각한다.

평정심을 되찾은 미첨이 다시 설교를 시작한다. "아니. 죽은 자의 세계가 아니다. 죽은 자의 세계는 벌레와 어둠의 세계다." 나는 이제야 처음으로 미첨이 얼마나 젊은지, 그러니까 과거에 젊었고… 지금도 얼마나 젊은지를 실감한다. 미첨은 스무 살에도 마흔 살처럼 보이는 부류였을 테지. 말을 잇는 미첨의 목소리가 점점 높아진다. "죽은 자의 세계에는 굶주림이 없다. 그게 그대들의 세계인가? 그대들의 세계에 굶주림이 없다고?"

아무도 말이 없다.

미첨이 밥을 바라본다. 밥이 고개를 젓는다. 미첨의 시선이 다시 우리에게로 향한다. 갑자기 판초 차림의 미첨이 접힌 우산처럼 지쳐 보인다. "그대들은 어둠의 세계를 살고 있는가?" 그가 창문을 가리킨다. 우리 모두 그곳을 본다. 미첨이 원하는 답이 블라인드에 있는 것 같지는 않은데. "아니." 미첨이 말한다. "그대들은 어둠 속에 살고 있지 않다."

몇몇이 주저하는 목소리로 소심하게 동의한다.

"그대들은 굶주림 없이 살고 있는가?" 누군가 중얼대고 누군가 고개를 젓는다. "그렇게 살고 있다고? 진짜 궁금해서 묻는다."

뒤쪽에서 누군가 아니라고 대답한다. 미첨이 밥을 바라본다.

밥이 우리를 위해 또 한 번 질문을 되풀이한다. "그대들은 굶주림 없이 살고 있는가?"

그때 호텔 손님 몇 명이 더 들어온다. 미첨이 고개를 뒤로 젖히고 천장을 향해 외친다. "그대들은 굶주림 없이 살고 있는가?"

"아니!" 손님 몇 명이 벌떡 일어난다.

"그렇다면 그대들은 죽은 자의 세계를 사는 게 아니다!"

누군가 큰 소리로 외친다. "죽은 자는 빌어먹을!"

손님이 더 들어올 때 나는 슬쩍 빠져나온다. 옥상으로 가니 마르그리트가 있다. 마르그리트는 방금 무슨 일이 있었는지 듣지 않아도 괜찮다고 한다. 나는 대신에 〈마담 세크리터리〉 이야기를 더 들려준다. 극중 테아 레오니의 남편으로 나오는 배우는 실제로도 그녀의 남편이다. 작중에서는 종교 학자다(CIA의 스파이 공작관이기도 하고). 그가 이 자리에 있다면 펠트 깁딘이 이렇게 만들어지는지 설명할 수 있을 텐데. 나는 국제정치를 다루는 드라마에 신학과 철학을 논할 수 있는 인물을 넣은 작가의 결단에 대해 생각해 본다. 물론 엄밀히 말해 국제정치를 다루는 드라마라기보다, 이상주의와 실용주의의 갈등을 그리는 작품이기는 하다. 그 안에서 국무부는 탐욕과 남자다움의 과시가 일으키는 일련의 도덕적 위기를 전개하는 무대에 불과했고, 그 위기는 매번 진심에서 우러난 정치적 타협, 경제적 압박, 마지막 기회와 우연의 조합으로 해소되었다. 모든 에피소드가 그랬다. 그런 점에서, 그 드라마는 시트콤이었다. 그런 점에서, 정부 역시 마찬가지였다.

미첨이 그러는데 우리는 과거 존재의 한계를 넘어섰다고 한다. 우리 존재가 생물의 현실을 다시 썼다는 것이다. 우리가 천국과 지옥이라는 개념을 말살했다. 그의 말에 따르면 이것은 인류의 진화사를 통틀어 가장 놀랍고 이로운 발전이다. 우리야말로 절정의 인류인 것이다. 우리는 죽은 자도 살아 있는 자도 부러워할 이유가 없다. 미첨이 말하기를 우리는 부활한 자다. 새로운 신. 미첨은 말한다. "채워지지 않는 굶주림은 은혜다"라고.

미첨이 커피잔을 든다. 평범한 잔이다. "이 잔은." 미첨이 운을 뗀다. "이 잔은 내가 부르는 대로 존재할 수 있다." 그리고 자기 손에 들린 잔을 바라본다. 마술사처럼 현란하게 손짓해서 잔을 화사한 꽃다발로 바꾸려는 건가. "이 잔은 몸이다. 이 잔은 영혼이다." 그가 말을 멈춘다. 이제 잔을 떨어뜨리려나. 그가 우리를 본다. "그러므로…." 그는 침묵이 내려앉기를 기다린다. "그러므로 몸은 영혼이다." 모두가 잔을 본다. 나는 누가 "그러므로"라고 시작하는 말은 절대로 믿지 않는다.

—

"그러면 잔은 어떻게 되는 건데?" 나중에 내가 마르그리트에게 말한다. 메타포의 세계에서 커피잔은 어떻게 되는 건지 알고 싶다. 잔이 몸이자 영혼이라는 말과 잔은 잔이라는 말 중에서 무엇이 더 진실일까? 잔은 딱 보면 잔이라는 것을 알 수 있다지만, 이제 나는 몸에 관해서는 더 이상 확신이 서지 않고 영혼에 관해서는 원래도 아는 게 하나 없었다. 따라서(그러므로) 나는 잔에 관해서도 그리 확신해서는 안 되지 않을까.

마르그리트가 말한다. "이 중에 진짜는 없어."

네가 말한다. "미침이 될 법만 말이네."

마르그리트가 어깨를 으쓱한다. "어떤 건 진짜야."

지금 나는 옛날 스리프트웨이 마트를 걷는 중이다. 다시 꿈을 꾸고 있다. 매장에는 물이 찼다. 아예 다 잠겨버렸다. 나는 물속을 거닐듯—좀 더 신중하고 무기력하게—통로를 지난다. 냉장 진열대가 으스스하게 빛을 발한다. 까마귀가 풀려나 떠내려갈까 봐 불안하다.

선반에는 여전히 머스터드와 잼 유리병, 수프와 고양이 사료 캔이 가득 차 있다. 단백질 바들이 물속을 떠다닌다. 달걀들이 달걀판을 빠져나왔다. 큰 달걀. 무지 큰 달걀. 흰색 달걀. 갈색 달걀. 모두 바닥에서 가만히 까딱거린다. 나는 깨뜨리지 않게 조심하며 달걀들을 발로 슬그머니 밀어낸다. 그러면 달걀들은 여유만만하게 굴러간다.

〈사운드 오브 사일런스〉의 연주 버전이 흘러나오고 있

다. 탁한 물속에 소리가 퍼진다. "음악이 흐르네"라고 외치니 재치 있는 표현이었다는 생각이 든다. 노래를 따라 부른다. 굉장한 기분이다. 꿈속의 나는 폐에 물이 가득 차서 그런 것인지 생각한다. 내 안에 물이 가득하다. 나는 모든 가사를 알고 있다. 하지만 순 엉터리다. 노래의 진짜 가사가 아니다. 아무래도 〈사운드 오브 사일런스〉의 뮤직비디오를 찍어야 할까 봐! 진짜 멋진 생각이다. 뮤직비디오란 게 존재하기 전에 나온 모든 노래의 뮤직비디오를 만들 것이다. 세상이 뒤집히겠지.

농산물 코너를 보고 싶은데, 썩은 채소를 보면 비위가 상할 것 같다. 대신 냉동식품 통로로 간다. 거기 네가 있다. 양손에 냉동 완두콩 봉지를 들고서. 나를 본 너는 실망한다. 완두콩을 갖고 나를 놀라게 해 주고 싶었는데, 이렇게 내가 망쳐버렸다. 나는 다시 너를 마주치려고 간식 통로로 방향을 틀지만, 소용없다.

내 방의 전화가 울린다. 여태껏 이런 적이 없었는데. 처음 드는 생각은, 내가 꿈을 꾸고 있다는 것이다. 하지만 소리가 이렇게 생생한 것으로 보아 꿈일 리 없다. 전화가 다시 울릴 때 드는 두 번째 생각은, 밤이 드디어 전화 작동법을 알아냈다는 것이다. 나는 침대에서 몸을 일으켜 앉는다. 협탁에 처박힌 전화기를 쳐다본다. 울릴 때마다 투명 플라스틱 정육면체 안에서 빨간 불빛이 작게 깜빡인다. 퍼컬레이터 뚜껑으로 솟아오르는 커피처럼. 호텔 모든 방의 전화가 동시에 울리고 손님들이 어리둥절해하며 받는 모습을 상상해 본다.

"여보세요?" 우리가 일제히 말한다.

컴퓨터가 대답한다. "모닝콜 서비스입니다."

메시지는 계속 되풀이된다. "모닝콜 서비스입니다."

녹음된 메시지가 다시 시작되기 직전에는 늘 공간에 흐르는 입자의 망설임이 느껴진다. 전화선의 침묵을 듣는 순간 나는 그 공백에 네가 있을 것만 같다고 생각한다. 몇 번이나 반복됐으려나, 결국 전화는 끊긴다. 나는 전화기를 귀에 갖다 댄 채로 침대 모서리에 앉아 있다. 이제는 플라스틱 덩어리일 뿐인 물건을 들고서.

전화기를 내려놓는다. 다섯을 세고, 다시 든다. 외부 통화를 위해 9번을 누른다. 발신음이 들린다. 우리 집 번호를 기억하게 되거나 까먹기 전에 무작정 눌러본다. 잠깐 멈추더니, 딸깍 작은 기계음이 나고, 밤하늘에 팡 터지듯 전화선이 트인다.

공허함이 나에게로 흘러든다. 내 귀는 공허한 두 바다를 잇는 파나마 운하다. 저 바깥의 공허함과 내 안의 공허함을 잇는다. 어둡고. 완전하고. 불가능한. 싸늘한 침묵으로 득실

거리는 공허함. 너무 고요해서 시끄럽다. 그것은 견딜 수 없는 일이다. 너무나도 익숙한 일이다.

나는 전화를 끊는다.

화장실로 들어가 문을 닫고 불을 켠다. 세면대로 기어 올라가 그 위에 두 발로 서서 거울을 가까이 들여다본다. 입을 벌릴 수 있는 만큼 벌린다. 만약 내가 살아 있었다면 내 숨결이 거울에 김을 서렸을 거다. 턱을 부여잡고 고개를 뒤로 젖혀 치아와 혀 안쪽 목구멍을 살핀다. 그리고 소리를 낸다. "아아아."

컬럼비아 거리까지 걸어갔을 때 생각나? 도중에 리전을 지나다 은행나무에 걸린 배낭인지 큰 스웨터인지를 본 날. 어두운색이었고 나무가 갈라지는 곳에 뭉쳐 있었지. 우리는 그로부터 한 블록쯤 떨어져 있었고. 가까이 다가갈수록 어딘가 이상해 보였다. 나무에 걸린 그게 말이다. 어딘가 이상했다. 거리가 6미터쯤으로 좁혀졌을 때야 우리는 그게 살아 있다는 것을 알았다. 3미터쯤 더 가서는 벌 떼라는 것을 알았다. 우리 중 누구도 벌 떼를 본 적이 없었지만, 그래도 알수 있었다. 벌이라는 것을 보기 전부터 그랬다.

그것은 단단하면서 흐물흐물했고 우글대고 시꺼멓고 일렁였다. 다른 것들의 몸으로 만들어진 하나의 몸. 다른 동물들로 만들어진 하나의 동물. 벌들로 만들어진 새까맣게 일렁이는 문어. 뚝뚝 흐르는 벌들. 계속 모습을 바꿔가며 새로운 문어가 되어갔다. 둥근 머리와 막으로 이어진 몸과 촉수들. 섬뜩하지만 아름다웠다.

내 안에 있는 게 그렇다. 문어가 아니라 굶주림일 뿐. 그것은 벌이 아니라 무nothing로 만들어졌다. 굶주림은 무로 만들어진 동물이다.

미첨이 협탁 위에 서 있다. 눈을 감은 채로. 목소리에 피곤이 묻어난다. 미첨은 말한다. "진짜는 없다nothing is real는 사실보다 분명한 것은 없다. 진짜는 없다. 진짜는 없다."

계속 이 소리다. "진짜는 없다. 진짜는 없다." 그러다 이 말이 다르게 들리기 시작한다. 없음이 진짜다Nothing is real. 미첨은 마르그리트와 정반대의 말을 하고 있는 걸까? 아니면 모두 같은 말인가?

미첨이 계속 말한다. "진짜는 없다. 진짜는 없다." 그러다 내가 문득 깨닫는다. 지금 미첨이 벌 떼에 관해 이야기하고 있다는 것을. 그가 눈을 뜨고 나를 똑바로 볼 것만 같다. 나는 자리에서 일어난다. 미첨은 내내 벌 떼에 관해 이야기하고 있었다. 그도 내면을 들여다보고 내가 본 것과 똑같은 것을 본 것이다. 똑같은, 무를. 내 안에서 그것이 만들어지고 다시 만들어지는 게 느껴진다.

미첨이 말을 멈춘다. 긴 침묵 속에서 미첨이 반복하는 말을 여전히 들을 수 있다. 미첨은 눈을 떴지만 나를 보지는 않는다. 누구도 보지 않는다. "누구에게 말하지 않은 일을 한 적 있는가? 수치스러운 일. 또는 완벽한 일." 혼잣말처럼 들리지만 이내 목소리가 커진다. 마치 자기더러 들으라는 듯, 여하튼 우리에게는 확실히 들린다. "아마 그리 대단히 나쁜 일도, 그리 좋은 일도 아니었을 것이다. 그냥 어렸을 때 저지른 일. 크고 보니 그때 생각했던 것만큼 나쁘거나 좋은 일이 아니었다는 것을 알지만, 어쩌면, 그건 정말 그만큼 나쁜 일이었다고, 그대들은 생각했을 것이다. 또는 그만큼 완벽한 일이었다고. 그래서 그걸 혼자 간직하기로 했다. 자신을 보호하려고. 어떻게 해서든. 처음 사귄 여자 친구에게도 털어놓지 않았다. 공항 술집에서 마주친 낯선 사람에게도. 그대들은 그것을 무덤까지 가져가리라 다짐했다. 그 비밀과 함께이니 외롭지 않을 것이라고."

미첨이 다시 눈을 감는다.

앓는 소리. 이가 달달 떨리는 소리. 송풍 장치가 인공적으로 만드는 바람에 버티컬 블라인드가 맞부딪히는 소리.

"나는 그 비밀이 무엇인지 기억나지 않는다." 미첨은 터번을 두른 머리 근처 허공을 멋들어지게 꼬집는 시늉을 하고는 손을 펼친다. "나는 노력했다. 나는 노력했다. 나는 노력했다. 나는 노력했다. 나는 노력했다. 그런데 그것을 느낄 수 없다."

미첨이 눈을 뜬다. "그것은 사라졌다. 내가 나에 관해 아는 유일한 것이었는데. 우주에서 유일하게 나를 나답게 만들어 주는 그것을. 나는 잃어버렸다." 목소리에 경이로움이 가득하다.

미첨이 우리를 둘러본다. "그대들에게 말하고 싶은 게 이것이다. 중요하지 않다. 중요하지 않다. 만들어지든 바스러지든. 우리는 자유의 몸이다. 우리는 무한하기에 굶주린다. 우리는 너무 늦어버렸기에 무한하다. 다 끝났기에. 다 사라졌기에."

나는 메이플 룸을 나온다. 이를 딱딱 부딪치는 소리와 앓는 소리를 뒤로하고. 엘리베이터 대신 계단으로 내려간다. 꼭 탈출하는 기분이다. 한 번에 두 칸씩. 아래층 마지막 계단에 다다랐을 때 경첩이 느릿하게 맞물리며 2층 방화문이 마침내 굳게 닫힌다. 단호하게 닫히는 그 소리가 내 등에 총알을 박는 듯하다. 나를 때려눕히는, 쓰러뜨리는 소리. 무릎이 푹푹 꺾인다. 나는 난간을 부여잡고 계단에 주저앉는다. 어째서 모든 상실과 지연된 슬픔이 의심할 여지 없이 작동하는 문의 걸쇠에 응축되는지 누가 알겠냐만, 잠시 나는 무너진다. 정처 없이 풀려난다. 지금 나는 주차장으로 나가는 문

위 출구 유도등에서 희미하게 빛나는 초록 불빛. 차가운 콘크리트. 나는 소리를 흐느낌을 숨을 내뱉고, 그 소리는 곧 나다. 소리의 울림이 증기처럼 뭉쳐 가라앉는다. 내 피부에 닿는 것을 느낄 수 있다. 상실을. 굶주림의 메스꺼운 돌기를. 내 안의 벌 떼가 휘몰아치며 다시 모양을 갖춘다. 나는 휘청이며 일어난다.

이것은 네게 말하지 않는 이야기다. 나는 호텔을 떠난다. B급 영화에 나오는 좀비처럼 거리를 이동한다. 아무 생각도 없어 보이지만, 들리지 않는 목소리에 귀를 기울이고 있다. 굶주림의 명령에.

시내에서 북쪽과 동쪽으로 이동해 텅 빈 주택가를 지난다. 좁은 길은 걷다가 보면 잡초와 블랙베리 덩굴에 삼켜져 점점 좁아진다. 만병초와 장미는 야생으로 돌아갔다. 사과나무와 무화과나무에는 곧 떨어져 썩어갈 열매가 주렁주렁 달렸다. 야구 글러브 크기의 목련 송이는 탐스러운 시트러스 향기를 풍긴다. 우거진 공원에서 잠자던 사슴 가족이 나를 보고 화들짝 놀란다. 놀이터의 성채 구조물과 그네. 나는 고속도로 밑을 통과해 이제 누구도 돌보지 않는, 불탄 스쿨버스들로 만든 포위 방벽을 지난다. 신발 할인점과 네일숍과 쌀국숫집이 즐비한 거리를 지난다. 텅 빈 대형 할인점의

악취와, 그걸 뚫고 날개를 퍼덕이고 구구대며 앉는 비둘기들을 지난다. 황폐해진 주차장을 지난다.

이제 동쪽이다. 높고 평평해진 땅은 원래 대초원이었다가 농지가 됐고, 그러다 베어지고 구획 지어지고 길이 놓였고, 오랫동안 이러한 미래로 향했었다. 이러한 미래의 미래는 아마 좀 더 과거 같을 것이다. 어쩌면 대초원이 돌아올지도 모른다.

밤이 다 되어서야 제멋대로 뻗어나간 두 땅을 나누는 대로에 다다른다. 길을 건너려는데 그림자 한 쌍이 후다닥 길을 가로질러 건너편에 높은 월계수 울타리 너머로 사라진다. 나는 덜덜 떨리는 턱을 악문다. 움직이는 모습이나 서로 손을 잡고 달리는 게 영락없이 10대 애들이다. 밖에 나다닐 만큼 어리석다는 점에서도. 나는 기다렸다가 그 애들을 뒤따른다. 지금 나는 너구리만큼 약삭빠르고 쥐처럼 의뭉스럽다.

나는 원래 골프 코스였던 풀밭 끝자락에 발을 들인다. 캐나다엉겅퀴와 아미초의 엷은 꽃송이들이 황혼 속 유령처럼 창백하게 피어 있다. 페어웨이 건너 800미터쯤 떨어진 곳, 어둑한 하늘 아래 윤곽만 보이는 나무들이 심긴 장중한 급경사 너머, 막다른 골목길과 잠금장치가 달린 우편함이 줄지어 있는 조립식 마을이 있다. 외부인 출입을 제한하는 건물들과 임시 거주 단지를 둘러싼 장벽에는 브리즈 블록으로 쌓은 총안 흉벽이 세워져 있고 철조망이 둘려 있다. 판자로 창문을 가려놓은 여분의 방 안에서 살아 있는 자들이 자신들의 구원을 모의한다. 그들은 재방송을 본다. 보드게임을 한다. 통조림 재고를 업데이트하고 역사책들과 성경이 얼마나 있는지 확인한다. 아이들을 가르친다. 잠도 잔다. 살아 있는 존재의 잠. 애를 낳는다. 죽기도 하고. 몰래 나가 골프 코스에서 섹스도 한다. 심지어 지금도 그러고 있다.

이제 밤인데 하늘은 여전히 빛난다. 나는 긴 수풀의 어두운 바다를 헤치며 걷는다. 노지에서, 나뭇가지 위에서, 반딧불이들이 깜빡깜빡한다. 주의를 끌지 못하는 작은 폴 리비어Paul Revere *들이 랜턴을 드러냈다가 감췄다가 하며 위험하다고, 위험하다고, 위험하다고 신호를 보낸다.

깜빡이는 빛의 간격이 연결사처럼 보이기 시작한다. 공간이 아니라 시간의 거리를 두고 떨어진 지각 있는 별들의 무리. 끈적한 똑딱거림, 나 역시도 거기 매달려 있다. 내 안에 있는 그것을 느낀다. 분열을 멈춘 세포들의 정적인 공백과 그 사이의 불확실한 공간. 깜빡이는 기억과 또 다른 기억 사이의 틈새. 관계라는 간격. 내 몸속에 있는 까마귀의 몸. 나를 쪽쪽 빨아 먹는 블랙홀. 살아 있을 때는 결코 겪은 적

* 미국 독립전쟁 때 야밤에 말을 타고 영국군의 습격을 알려 공을 세운 위인.

없는, 말 그대로 말로 표현할 수 없는 상태.

그것은 미첨이 한 말과도, 마르그리트가 한 말과도 다르다. 무가 아니다. 진짜도 가짜도 아니다. 그냥 공허함이 아니다. 결핍도 갈망도 아니다. 굶주림도. 그것은 굶주림이 아니다. 그것은 슬픔이다.

나는 멈춰 서 있다. 내가 있는 곳은 부들이 자라난 워터해저드 구역 끝자락, 소나무 무리 근처의 페어웨이다. 요란한 옛 세상의 부재는 강렬하다. 침묵은 고통스러운 압력. 물집. 작은 소리들이 내 귀를 스치지만 마음이 놓이지 않는다. 귀뚜라미, 개구리, 물떼새 소리. 부들이 서로 닿을 때 나는 *쉭쉭* 소리. 내가 큰 소리로 말한다. "진짜 같다." 나는 내가 혼잣말한다고 생각한다. 아니면 미첨에게 하는 말. 아니면 마르그리트에게 하는 말. 사실 나는 줄곧 네게만 말을 건네는 것일 수도 있다. 그런데 대답은 까마귀가 한다. "사과. 팔. 잉크. 왕관."

사과

팔

잉크

왕관

까마귀의 단어들이 어둠에 걸린다. 반딧불이처럼. 반딧불이랑은 다르지. 서로 분리되어 있고 연속적이지 않으니까. 동시에 일어나되 겹치지 않으니까. 주기적이고 지속적이니까. 구문은 공간적이다. 각 단어가 내 몸이라는 방의 서로 다른 벽에 붙어 있는 것과 같다. 나는 한 번에 하나의 벽, 하나의 단어만을 볼 수 있다. 다만 여기 벽은 없다. 있는 것은 밤과 내 몸과 단어들뿐.

사과

팔

잉크

왕관

사방에서 소음과 움직임이 폭발한다. 뭔가 덜컹거리며 휙 지나가고 짧고 높은 비명이 들린다. 반딧불이 섬광이 펑

터지고, 나는 배를 깔고 바짝 엎드린다. 하늘에서 내리꽂듯 부는 강풍에 풀이 사정없이 휩쓸린다. 폭우가 내 등에 쏟아진다. 2~3초가 지난 후에야, 골프 코스의 스프링클러 시스템이 여전히 작동 중이라는 사실을 깨닫는다. 나는 소리 내어 웃다가 입을 틀어막는다.

골프 코스. 스프링클러 시스템. 좀비들. 말하는 까마귀. 가끔은 기구 세싱이 디 빗나는 생각이 든다.

스프링클러가 덜컹거리며 칙-칙-칙 돌아가는 소리 말고는 아무것도 들리지 않고 보이지 않는다. 하지만 상관없다. 살아 있는 자들이 가까이 있다는 것도 알지만, 상관없다. 굶주림도 있지만 그조차 중요하지 않다. 왜냐면 지금 나는 늦여름 내음이 나는 잔디밭 위에 떠 있으니까. 나는 여섯 살이고, 아빠가 내 손목을 붙들고서 나를 빙글빙글 돌리고 있다. 중심에는 아빠가 있다. 내 몸이 아빠에게서 멀어진다. 나는 깃발이고 끈이고 뭉개지는 빛이다. 머리도 날아가고 발도 날아간다. 아빠 손에 꽉 붙들린 손목이 얼얼하다. 팔이 빠질 것 같다. 빙빙 돌며 잔디밭과 다듬어지지 않은 벌판을 가로질러 우리 집 지붕으로부터 멀리멀리, 더 높이, 제일 높이, 발밑에 나무와 도로가 점점 작아질 때까지 날아가고, 그러다 내가 그리는 원호가 더 커질 수 없을 때 나는 대기권을 벗어나 차갑고 고요한 궤도로 진입하리라. 하지만 아빠가 속도를 늦추면 나는 다시 내려앉는다. 무릎이 잔디밭에 쓸리며 푸르게 물든다. 일어나려는데 땅이 기운다. 나는 술에 취한 사람처럼 옆으로 비틀대다 쓰러진다. 풀의 촉감이 시원하다. 웃음이 멈추질 않는다. 울음이 멈추질 않는다. 그렇게 나는 옛 골프 코스에 길게 자란 수풀을 등에 깔고 누워 울고 있다. 하지만 나는 울 수 없다. 그것은 견딜 수 없는 일이다. 굶주림이 발끈해 일어난다.

가져온 칼을 더듬으며 몸을 비틀어 웅크린다. 스프링클러는 계속 덜컹거리며 쉭쉭 돌아간다. 바로 옆 어둑한 풀밭에서 두 형체가 나타난다. 둘은 스프링클러 물줄기를 요리조리 피해 뛰어다니다가 키 높은 부들 뒤로 사라진다. 욕하고 깔깔 웃다 서로 목소리를 낮추라고 한다. *젠장 아야 젠장 쉿 쉿 조용히.*

나는 웅크린 채 기어서 소나무밭 끝자락에 있는 그들을 염탐한다. 둘은 벌써 홀딱 벗은 채 껴안고 있다. 생생히 살아있다. 어둠 속에서 두 형체는 흰 꽃처럼 빛을 발한다. 한밤 정원의 우화 조각상처럼. 젊음. 사랑. 어리석음. 욕망.

굶주림이 나를 덮친다. 나는 고양이처럼 빠르게 움직여 둘의 다리를 향해 달려든다.

이후로는 빠르지도 느리지도 않다. 각각이 제 나름대로, 연관되어 있지만 서로 단절된 채로 존재한다. 반딧불이처럼. 단어처럼. 엉켜 있는 둘의 다리를 기어오른다. 칼을 깊게 푹

찔러 넣는다. 날카로운 신음. 솔잎 더미. 흥분으로 인한 오싹함이 밤공기 속 피비린내처럼 내 가슴속에 피어난다.

내 안의 까마귀는 나무 위에서 소리치는 100마리의 까마귀만큼 시끄럽다. 뭐라는 건지는 알 수 없다. 지금이라거나 아니라거나 안다거나 너라거나.

모든 게 잠잠하다. 나는 알고 보면 슬픔인 굶주림 한가운데 가만히 누워 있다. 여전히 내 손에 들린 칼은 죽은 소녀의 몸에 여전히 꽂혀 있고 소녀는 여전히 살아 있지만 여전히 의식이 없는 혹은 두려워서 몸이 마비되어 버린 여전한 그녀의 연인 위에 쓰러져 있다. 모든 게 잠잠하다. 살아 있는 자도, 죽은 자도, 죽지 않은 자도. 욕실 바닥의 시원한 타일이라도 되는 양, 소녀의 맨 등에 내 볼을 갖다 댄다. 그러면 달래질까 싶어서. 하지만 소녀의 피부는 피로 범벅이 되어 미끈거리고, 나는 고개를 돌려 피를 핥는다. 네가 늘 그랬지. 나는 곧 죽어도 달래지지 않는다고.

미첩이 틀렸다. 우리는 살아 있는 자와 똑같다. 굶주림은 그저 게걸스러운 희망일 뿐. 언제나 흩어지는 신기루. 치아 뒤에서 우글대는 검은 벌 떼. 이 구덩이에 밑바닥은 없다. 기다릴 수 있는 으슥한 공간도 없다. 너를 향한 이 갈망은 영원히 가닿지 못할 것이다. 얼마나 많은 시간이 지나야 우리는 우리가 알고 있는 것을 받아들일까?

양팔을 벌리고 푹신한 솔잎 더미로 벌러덩 드러눕는다. 아니다. 팔은 하나뿐이지. 머리 위 나뭇가지에서 반딧불이들이 깜빡깜빡한다. 죽은 소녀의 몸에 깔린 소년이 안간힘 쓰는 소리가 들린다. 흐느끼며 숨을 쉰다. 그러다 소년이 일어선다. 나는 눈을 감고 있다. 내 머릿속에서 벌거벗은 채 빛을 발하는 소년은 주저하고 있다. 이제 그는 사랑도 아름다움도 순수함도 그 밖의 어떠한 관념도 아니다. 그냥 소년이다. 이제는 그냥 소년. 소년을 죽이고 싶다. 하지만 나는 계속 눈을 감고 있다. 소년이 돌로 내 머리를 내려칠지도 몰라. 그래도 계속 눈을 감고 있다. 혹시 소년에게 총이 있다면. 그래도 계속 눈을 감고 있다. 다시 스프링클러가 신경 쓰인다. 이가 달달 떨리듯 규칙적이면서 광적인 그 소리. 나는 계속 눈을 감고 있다.

—

어쩌면 긴 시간이, 또는 아주 길지 않을 수도 있는 시간이 흐른 것 같다. 눈을 뜬다. 나와 시체뿐이다. 소녀를 바르게 눕히고 피로 끈적한 살갗을 더듬어 배꼽을 찾는다. 소녀의 몸은 허여멀겋고 근육도 별로 없다. 어두울 때 밖에서 만나자는 제안을 소녀가 했다고 상상해 본다. 아니면 설득당했다고 상상해 본다. 이번이 처음이었거나 이런 적이 여러 번이었다고 상상해 본다. 삶은 늘 그렇듯 계속되었을 것이다. 니는 킬을 찔러 넣고 난난한 살비뼈에 걸릴 때까지 위로 북 찢는다. 새아빠와 했던 송어 낚시가 떠오른다. 소녀의 내장이 웅크리고 고인다. 죽은 까마귀의 육체가 죽지 않은 내 육체에 닿아 깔끄럽다. 오염된 환부에 과산화수소를 끼얹었을 때처럼 보글보글 거품이 인다. 나는 어둠 속에서 무릎을 꿇는다. 기도하지 않는다. 구유처럼 벌어진 소녀의 시체에 고개를 파묻지도 않는다. 나는 다시는 먹지 않을 것이다.

우스꽝스러운 분홍색 후드 티를 벗고 후드에 달린 줄을 조여 자루를 만든다. 소녀의 간과 콩팥을 잘라 그 안에 넣는다. 부드러운 뱃살을 도려내고, 허벅지와 종아리 살도 넓게 잘라 낸다. 옮길 수 있는 만큼 챙긴다. 왜 이러는지는 나도 모르겠지만, 도무지 그냥 갈 수가 없다. 후드 티를 잘 묶어 소매 부분을 잡고 붕대로 동여맨 가슴팍 너머로 넘긴다. 칼은 풀잎으로 잘 닦았다가, 생각을 고쳐먹고 풀밭에 던져버린다.

서서 골프 코스를 바라본다. 변함없는 어둠. 변함없는 달. 덜 컹거리는 스프링클러. 깜빡깜빡 신호를 보내는 반딧불이들.

나는 호텔로 간다. 적막하다. 내 방으로 가서 욕조에 들어가 선다. 옷은 벗고 붕대는 풀지 않는다. 붕대는 소녀의 피로 빨갛게 물들었다. 나는 그게 내 피인 척한다. 내가 다쳤다고. 나도 다칠 수 있다고.

샤워기를 튼다. 녹물이 얼마간 흐르다가 맑아진다. 나는 한참이나 물줄기를 맞으며 서 있다. *머리를 자르고 싶어.* 생각한다.

내 옷가지와, 죽은 소녀의 몸이 잔뜩 들어 있는 후드 티는 욕조에 두고 나온다. 배수구에 빨간 핏물이 고인다.

복도에는 아무도 없다. 카펫이 내 걸음 소리를 흡수한다. 옷을 갈아입으러 2번 재니스의 방으로 향한다. 파란 꽃무늬가 그려진 여름용 원피스를 입는다. 수레국화 무늬다. 변기 뒤쪽에서 손톱 가위를 챙겨 옥상으로 가는 계단을 오른다. 거기 마르그리트가 있다. 마르그리트는 도끼로 가구를 부수던 중이었다. 협탁, 서랍장, 1층 식당의 의자들. 빈터 정중앙에 부서진 가구가 쌓여 있다. 나는 마르그리트를 도와 남은 가구 조각들을 주워 모은다. 그런 뒤 달이 보이는 남향 처마에 함께 걸터앉는다. 지난주에 보았던 달을 생각한다. 아니 어제였던가.

내가 말한다. "왜 늘 보름달일까?"

마르그리트가 말한다. "달은 뭐로 차 있을까?"

"굶주림?" 내가 말한다.

"슬픔이야." 마르그리트가 말한다.

끼마귀를 내 품에 안고 싶다.

내가 말한다. "나 더는 먹지 않을 거야. 그러니까 앞으로는 아무것도 먹지 않을 거야."

마르그리트가 말한다. "나는 떠나려고."

"어디로?" 내가 말한다.

"집으로." 마르그리트가 말한다.

"집이 어딘데?"

"집은 달과 같은 곳이지." 마르그리트가 말한다.

"슬픔으로 차 있어?"

"네가 생각하는 곳은 절대 아니야."

내가 말한다. "내 머리 좀 잘라줄래?"

나는 무릎 사이에 고개를 파묻는다. 마르그리트가 내 두피에 가위를 바짝 갖다 대고 서걱서걱 머리를 자른다. 작은 가위의 굽은 날이 나를 그루밍하는 고양이의 이빨이라고 상상해 본다. 솜털만 남을 때까지 내 머리를 물고, 물고, 또 문다. 상상의 나래를 더 펼칠 수도 있다. 마르그리트에게 내 귀도, 코도, 하나 남은 팔의 손가락들도, 손도 잘라달라고 부탁한다면. 더 가벼워지도록.

이후에 나는 마르그리트의 무릎을 베고 눕는다. 내가 말한다. "우리는 아이를 가지려고 했었어." 마르그리트는 갓 다듬은 나의 머리털을 손가락으로 어루만진다. 마치 내가 깨끗하고 마른 모래로 만들어진 것처럼. "그런데 내가 유산했어." 내가 말한다.

마르그리트가 말한다. "고양이는 유산하면 새끼들을 도로 흡수한대."

내가 말한다. "내 생각에 우리는 무언가를 잃어버린 대신 굶주림을 갖게 된 거야."

마르그리트가 말한다. "이 중에 진짜는 없어." 마르그리트가 머리를 쓰다듬어 주는 게 좋아서, 나는 아무 말도 하지 않고 아주 가만히 있는다. "어떤 건 진짜야."

가끔은 아침 일찍 일어나 잠옷에 코트만 걸치고 엘리베이터를 타고 1층으로 내려간다. 내가 어렸을 때 이야기다. 엘리베이터가 있는 건물에 산다는 것이 너무 신나서 계단은 쳐다보지도 않았다. 쪽문으로 나와 공원으로 이어지는 골목으로 들어가 가로등이 있는 길을 걷는다. 골목이나 가로등이 있는 동네에 사는 것도 처음이었다. 동네에는 바닷가 공기와 염소 소독제와 개구리밥 냄새가 났다. 어떤 날에는 오래된 다리를 지나 계속 서쪽으로 이동해 언덕을 올라 디비전까지 갔다. 그곳의 버스 정류소에 앉아 볼링장 주차장에서 스케이트보드를 타는 사람들을 구경했다. 텅 빈 주차장의 어두운 바닥 위로 가로등 그림자가 늘어지고 흔들렸다.

그들이 식료품 할인점 밖 포장도로의 연석을 박차고 붕 떠올라 바퀴가 지면에서 완전히 떨어질 때면 마치 무선 연락을 주고받다가 뚝 끊긴 듯했다. 흔적도 없이 단절.

흔적도 없이.

그러고 나면 둘 중 하나였다. 덜커덩 아니면 착. 발밑에서 보드가 뒤집혀 윗면으로 아스팔트를 긁거나 아니면 단단한 바퀴들이 다시 땅에 달라붙었다. 이륙과 착지 사이 불과 몇 초의 침묵 속에서 모든 게 망가지거나 합쳐졌다.

그 찰나의 순간에 나는 다른 모두가 잠들어 있는 소리를 들을 수 있었다. 비어 있는 식료품점 선반의 소리와 레인 끝에서 기다리고 있는 볼링 핀들의 소리를. 동쪽 하늘이 서서히 밝아지는 소리를.

그것은 까마귀의 목소리다.

도약이 가져온 갑작스러운 침묵. 사라지려고 하는 별들. 마침내 끝인지 아니면 또 다른 연속인지 알기 직전의 순간.

나는 까마귀에게 말을 건넨다. "뭐라도 말해봐."

까마귀는 말한다. "지퍼. 건배. 유리잔."

사랑의 소리처럼 들린다.

나는 내가 꿈을 꾸고 있다는 것을 안다. 처음에는 발가벗고 있다가 다음 순간에는 에메랄드그린 색의 나일론 운동복 차림이기 때문이다. 내가 있는 곳은 여자 탈의실이다. 수증기가 자욱하다. 샤워 소리는 놀랍도록 불규칙적이고, 상상할 수 있는 온갖 종류의 샴푸와 컨디셔너에서 말도 안 되는 과일 향이 난다. 바닥에는 온통 노란색 타일이 깔렸다. 그런데 다 같은 노란색이 아니다. 세 가지의 빛깔이다. 패턴은 쉽게 분간이 가지 않지만 없는 것 같지는 않다.

마르그리트가 다가와 내가 앉은 노란색 금속 벤치에 나란히 앉는다. 수건 한 장으로 몸을 감쌌고 머리에도 수건을 둘렀다. 피부는 촉촉하고 광이 난다. 나에게 몸을 내밀어 귓속말한다. "까마귀는 아주 지능적이거든." 꿈속 다른 영역에서 사물함이 쾅 닫힌다.

"알아." 내가 말한다. "가면 쓰고 한 실험도 있었잖아."

마르그리트는 계속 목소리를 낮춰가며 내 귀에 바짝 입을 대고 말한다. 무언가를 해독하는 암호인 양 특이하게 강세를 주며 똑같은 말을 되풀이한다. "까마귀는 아주 지능적이거든."

"모두가 알고 있어." 내가 말한다.

이후에 마르그리트가 내 방을 찾아온다. 내가 말한다. "꿈에 네가 나왔어."

마르그리트가 말한다. "이 중에 진짜는 없어."

그럴 생각은 없었는데, 까마귀에 관해 털어놓는다. "까마귀가 말을 해."

마르그리트가 수긍한다. "어떤 건 진짜야."

"가구를 모아놓고 옥상에서 뭐 하는 거야?"

"타임머신을 짓고 있어."

"내 생각에는 슬픔이 타임머신이야."

"까마귀가 그랬어?"

"꿈에서 네가 나에게 까마귀의 말을 들으라고 했어."

"까마귀는 아주 지능적이거든."

"정확히 그렇게 말했어."

"그래서 너는 뭐라고 했어?"

"기억나지 않아."

내가 까마귀에게 말한다. "너 누구야? 내가 말하고 있는 상대가 너야?"

까마귀가 말한다. "개. 비. 켈프."

"네가 우리 아기야?"

까마귀가 말한다. "발. 낙하. 검정."

우리는 아기를 가마새라고 불렀다. 이유는 기억나지 않지만.

"너는 나야?"

까마귀가 말한다. "열린다. 바위. 양털."

내가 까마귀에게 말해. "원하는 게 뭐야?"

겁주려는 게 아니라 궁금해서 묻는다. "내가 널 다시 꺼내서 땅에 풀어주면 좋겠니?"

까마귀는 한참이나 아무 말이 없다.

호텔 손님들이 옥상에 모여 있다. 마르그리트가 부숴서 쌓아놓은 가구 더미는 중앙에 튼튼한 말뚝을 박아 세우니 화장대火葬臺로 변신했다. 라이터 기름 냄새로 공기가 묵직하다. 여느 여름 주말의 냄새. 임박한 재난의 냄새.

이게 꿈인지 아닌지 잘 모르겠다. 그래서 팔이 하나인지 두 개인지 확인한다. 엘리베이터가 도착해 문이 열린다. 카를로스와 마르그리트가 걸어 나온다. 군중이 그들이 지나가도록 길을 터준다. 어떻게 행동해야 하는지 다들 우왕좌왕한다. 우리는 구경꾼인가? 아니면 해야 할 일이 있나? 저들을 만지면 안 되나? 저들을 밀쳐야 하나? 포스트모던 연극의 끔찍한 모호성. 카를로스가 몇 걸음 뒤에서 마르그리트를 따른다. 한 팔에 주황색의 빳빳한 어업용 밧줄 타래를 걸치고 있다.

마르그리트가 미첨 앞에서 걸음을 멈춘다. 둘은 서로 마주 본다. 마녀의 왕관 머리. 종교 지도자의 두건. 둘 사이에는 모종의 이해가 걸려 있다. 거미줄처럼. 아니면 오해라고 해야 하나. 어느 쪽이든, 마르그리트가 한 손을 들어 털어 낸 다음 미첨을 떠나 화장대로 다가간다. 그리고 시계 반대 방향으로 말뚝 주위를 돈다. 카를로스가 뒤따른다. 다 돌았을 때 마르그리트가 멈춰 서서 우리 쪽으로 고개를 돌린다. 무언가 고민하는 듯하다. 나를 봐줬으면 좋겠는데.

마르그리트가 한쪽 무릎을 굽힌다. 기도하는 줄 알았는데, 그게 아니라 신발 끈을 푼다. 신발을 벗고 양말도 벗는다. 양말을 신발 양 켤레에 쑤셔 넣고 신발을 나란히 놓는다. 그리고 일어나 머리 위로 셔츠를 벗는다. 재빠르게, 하지만 머리가 헝클어지지 않게 조심하면서. 한때 젖가슴이 있었을 자리에 두 개의 긴 절개선이 비스듬히 나 있다. 흉터가 아니라 상처다. 피가 나지 않고 치유되지도 않는 상처는 감은 눈의 속눈썹 같은 실로 봉합되어 있다. 그 눈이 떠져서 마르그리트가 자기 몸의 평평한 얼굴로 나를 바라보리라는 생각이 퍼뜩 스친다. 나는 그 시선을 마주하거나 외면하겠지. 무릎을 끊겠지. 존재를 멈추겠지.

이제 마르그리트의 관심은 미첨에게도 카를로스에게도 우리 중 누구에게도 가 있지 않다. 마르그리트는 뒤집힌 셔츠를 바로 뒤집고 고이 접어 신발 위에 올린다. 초록색 바지도 벗어 셔츠 위에 접어서 놓고, 속옷은 주머니에 쑤셔 넣는다. 알몸 수영을 하려고 옷을 벗는 것처럼. 뭍에 가지런히 옷을 두는 것처럼.

어깨를 지나는 쇄골과 엉덩이를 두르는 골반이 잉크 얼룩 대칭 같다는 것을 예전에는 미처 몰랐다. 가슴에 달린 눈 때문인가, 나는 마르그리트의 몸을 이제껏 본 적 없는 방식으로 바라보고 있다. 어떤 몸도, 심지어 네 몸조차 이렇게 바라본 적이 없었다. 가늘고 엉킨 회색 음모. 양팔 끝에서 느슨하게 허공을 쥐고 있는 손. 무릎 조금 윗부분에 쭈글쭈글 늘어진 피부. 마르그리트의 몸을 바라보는 일은 잠든 네 얼굴을 바라보는 것과 같다. 그만큼 태평하면서 맹렬하다. 나는 네가 늙어가는 모습을 볼 수 없을 것이다.

마르그리트가 카를로스의 팔을 잡자, 카를로스가 마르그리트를 부축해 부서진 호텔 가구가 뒤죽박죽 쌓인 더미에 올린다. 그가 마르그리트를 말뚝에 기대게 한 뒤 밧줄의 한쪽 끝을 건네고, 그녀의 발목부터 목까지 밧줄로 둘둘 말아 반대쪽 끝을 밧줄 안에 집어넣는다. 내 가슴 속에 까마귀를 묶어주던 마르그리트의 손길을 기억한다. 나는 지금 그 자리에 손을 얹고 있다.

카를로스가 화장대에서 내려와 마르그리트를 바라본다. 우리 모두 마르그리트를 본다. 마르그리트는 눈을 감는다.

미첨이 손뼉을 친다. 한 번. 아주 크게. 내가 제자리에서 펄쩍 뛸 만큼. "밥." 미첨이 밥에게 협탁을 가져오라고 손짓한다.

마르그리드가 눈을 뜬다. "멈춰" 하고 말한다. 미첨이 넘춘다. "멈춰." 마르그리트가 또다시, 이번에는 우리 모두에게 말한다. 시선이 위로 향한다. "멈춰." 하늘에게 하는 말이다. 하늘은 낮고 달 말고는 텅 비어 있다. 마르그리트가 내 머리를 잘라주던 손길을 기억한다. 깎은 머리를 쓰다듬던 손길도. 마침내 마르그리트가 나를 보며 말한다. "멈춰."

마르그리트는 젖가슴을 잘라 냈고 머리를 땋아 올렸고 자신의 화장대를 지었다. 마르그리트가 카를로스를 본다. "이미 견딜 수 없는 것을 어떻게 더 견딜 수 있겠어." 카를로스가 외투 어딘가에 달린 주머니에서 담뱃갑과 라이터를 꺼낸다. 입술로 담뱃갑에서 담배를 물고 라이터를 열어 불을 붙인다. 그 외의 모든 것은 미동조차 없다. 담배가 바스락거리며 불을 빨아들이는 소리가 들리는 듯도 싶다. 카를로스가 라이터를 닫고 다시 주머니에 넣는다. 그리고 담배를 조금 피운다. 마르그리트에게 건네지만, 마르그리트가 마다한다. 카를로스는 고개를 끄덕이고 한 번 더 깊게 담배를 빨아

들인다. 그런 뒤 화장대에 던진다. 뭔가를 제대로 생각할 겨를도 없이 불꽃이 일어난다. 이내 불길이 치솟고, 대형 돛이 바람을 정면으로 맞아 펄럭이는 소리와 폭발하는 열기에 우리는 뒤로 주춤 밀려난다. 곧바로 마르그리트가 울부짖기 시작한다. 숨을 쉴 새도 없이 울부짖고 울부짖는다. 기나긴, 끝없이 이어지는, 높은 울부짖음. 자신을 향한 소리가 아니다. 늑대처럼 다른 늑대를 부르는 것도 아니다. 그보다는 달을 향해 울부짖는 늑대다. 그녀는 노래하듯 울부짖는다.

카를로스는 불이 타오르자 어쩔 줄 몰라 발을 동동 구른다. 밥은 바닥에 몸을 웅크렸다. 미첨은 뒤로 돌아 양팔을 들어 자신을 방어한다. 투명 판초가 빨간색과 주황색으로 물든다. 그리고 나머지는. 멈춘 듯 얼어붙어 있다. 불길과 마르그리트의 울부짖음과 마르그리트의 벌어진 입에서 솟구치는 검은 벌 떼를 제외하면, 움직이는 것은 나 혼자다.

개기 일식이 사람을 영원히 바꿔놓는다고들 한다. 낮이 밤이 되는 순간, 설령 이유를 알고 있어도 그게 꼭 세상의 종말처럼 느껴진다고. 약 3분의 순간은 정말로 세상의 종말인 거라고.

지난여름 이전의 여름에 일식이 있었다. 천문학자들은 태양과 달이 완전히 포개지는 좁은 길을 '개기 일식 경로the path of totality'라고 불렀다. 수백만 명이 미니밴과 캠핑카에 아이들과 할아버지, 할머니를 태우고 개기 일식을 가장 잘 경험할 수 있는 곳으로 차를 몰았다.

우리는 집에 머물렀다. 온라인으로 구매한 특수 종이 안경을 갖고 마당으로 나가 하늘을 보면 태양이 95퍼센트는 가려졌다. 그런데 사람들 말로는 나머지 5퍼센트가 예사로운 천문학적 현상을 다시는 없을 특별한 경험으로 만든다고 한다. 우리가 있었던 자리에서도 물론 아름다웠지만.

마르그리트의 몸은 일식을 바라보기와 우주 속 너의 자리를 잃어버리기 사이에 남아 있는 가느다란 태양 조각이다. 나머지 5퍼센트. 마르그리트가 불타 없어지면, 그 경계가 소실된다. 검은 벌 떼가 풀려난다.

그리고 모든 소리를 끝내는 소리. 진정한 침묵의 시작. 그 진정한 침묵은 최초의 진정한 어둠이기도 하다. 화장대 불길의 들쑥날쑥한 빛무리에 둘러싸인 완벽하게 둥근 구멍 안에서 그것이 번뜩인다. 게걸스럽게, 누구든 잡히는 대로 집어삼킨다. 카를로스. 미첨. 리. 밥. 앨리슨. 최소 한 명의 재니스. 심지어 그 자신마저 집어삼킨다.

영원히 계속되다가 끝이 난다.

그리고 나는 달리고 있다.

3부

제가 향하는 도시는 시공간이 불연속적이라 때로는 흩어지고
때로는 응축된다고 말씀드린다 해도, 그 도시를 찾으려는
탐색을 멈출 수 있다고 생각하시면 안 됩니다.

—이탈로 칼비노

세상의 종말은 늘 이런 모습이다. 저무는 태양의 붉은빛과 대비되는 잿빛의 텅 빈 8차선 도로.

출구 105. 출구 104. 출구 103.

나는 밤새 달린다. 까마귀와 굶주림 말고는 나 혼자다. 아무것도 먹지 못한 벌 떼는 내 안에서 만들어지고 다시 만들어진다. 세계는 크고 공허하지만 내 안의 세계는 그보다 더 크고 공허하다. 굶주림이 나를 광대하고 무한한 존재로 만든다. 나는 달리고 달리고 달린다. 도로를 먹어치운다. 게 걸스럽게.

출구 102. 출구 101. 출구 99.

—

달리는 꿈을 꾸던 때가 있었다. 꿈속에서 땅이 내 발을 밀어냈다. 포장도로도 솔잎과 이끼가 깔린 풀밭도. 나는 쏜살처럼 튀어 나갔다. 아주 힘들지 않은 건 아니었지만, 영원히 달리라면 그럴 수도 있었다. 내 안에 그것이 있었으니까. 내 다리에. 내 발에. 내 팔에. 내 온몸에. 나에게는 죽지 않은 자가 갖는 것이 있었다. 이제 깨달은 건데, 꿈속에서 나는 죽지 않은 자였다.

출구 95. 출구 88.

이건 어디서부터 시작됐을까? 이야기가 아닌 것은 어디서 시작되나? 내 마음속에는 언제고 돌아가게 되는 장소가 하나 있다.

나는 너와 함께 모래 언덕에서 잠들어 있다. 진짜 잠든 건 아니지만 평소처럼 깨어 있는 것도 아니다. 평소처럼 잠든 것도 아니고. 한 번에 딱 몇 초씩만 잠든다. 연거푸 깨어

나는 느낌을 받기에 충분히 긴 시간이다. 하지만 눈은 계속 감고 있다. 바다의 소리를 다시 새롭게 느끼고 또다시 느끼며.

나는 발목을 꼬고 있고 너는 내 허벅지를 베개로 삼는다. 지금 나는 네 머리의 무게를 느낄 수 있다. 갈매기 하나가 우리와 태양 사이를 지난다. 갈매기 그림자가 우리의 몸을 가로지른다. 지금 나는 스치는 추위를 느낄 수 있다. 우리는 몸속에 무언가를 간직하고 있다.

광대한 대지에 함께 있는 우리는, 바다의 소리와 태양의 온기 속, 하늘 아래, 모래 언덕 위 바람 불지 않는 곳에 함께 있는 우리는, 너무나 작디작아서, 과거에도 미래에도 이토록 함께일 수는 없다. 우리가 나눌 최고의 순간. 시작보다 나은 끝.

그건 정말로 끝이었다. 하지만 그때 우리는 몰랐다. 끝났다는 것을 너는 이후에도 알지 못한다. 아니면 인정하지 않고 있거나. 돌아보면 너는 알 수 있다. 이후의 모든 시간은 아직 다 끝나지 않은 척 계속 나아가려는 노력에 불과했다는 것을 너는 알게 된다.

나는 그때조차 좀비였다. 이미 최후였던 세상을 게걸스럽게 먹어치우는 자.

출구 82. 출구 81. 출구 79.

어쩌면 말이야, 나는 나에게 또는 까마귀에게 말을 건넨다, 어쩌면 그 끝은, 너무 늦어서야 알게 되는 그 끝은, 아마도 그것이 있기에 시작이 있는 거겠지. 시작은 결국 다른 무언가의 끝 아니겠어?

까마귀는 아무 말이 없다.

출구 77. 출구 76.

아니 어쩌면, 나는 나에게 또는 까마귀에게 말을 건넨다, 시작은 아직 시작되지 않았는지도 몰라. 어쩌면 나는 그곳을 향해 달리고 있는 게 아닐까. 어쩌면 시작과 끝 사이의 시간처럼 끝과 시작 사이의 시간이 있는지도. 끝을 향해 가는 시작처럼 중간을 향해 가는 시간. 어쩌면 바로 지금이 그런 시간인지도 모른다. 해결되리라는 희망은 없는 중간의 시간.

이제 나는 멈춰 있다. 도로 한복판이다. 동쪽 하늘이 환하다. 서쪽에는 달이 떠 있다. 달은 모난 데 없이 둥그렇다. 지금 나는 딱히 무언가를 생각하고 있지 않다. 그냥 달을 바라본다. 은빛 달은 납작하고 진중하다. 텅 빈 아침, 나에게 바람이 불어온다. 예전에 만났거나 본 적이 있지만 모르는 사람처럼. 그리고 어떤 감정이 찾아온다. 슬픔이다. 슬픔은 아닌 슬픔. 슬픔의 모든 것. 슬픔의 모든 역사. 내 안의 모든 것이 슬프고 나를 둘러싼 모든 것이 슬픔의 일부다. 갈라진 포장도로, 달, 버려진 자동차들, 자동차를 도로에 붙들어 두는 중력까지. 슬픔은 총체적이다. 나는 슬픔에 사로잡힌다. 아니, 굴복한다. 나는 무릎을 꿇는다.

그러다 그 감정이 지나간다. 나를 떠나간다. 나는 그 감정을 찾아 헤맨다. 달에 있나. 내 안에 있나. 그저 똑같기만 한 공허함을 새로이 감지하며.

"까마귀야?" 내가 큰 소리로 말한다. 내 목소리는 물에 젖은 마지막 성냥개비다.

까마귀가 말한다. "날카롭다. 안전하다. 접힌다." 까마귀의 목소리는 있을 법하지 않은 타격, 불길, 잠시 피어오르는 유황 냄새로 증명되는 내 지속적인 존재의 찰나적 증거.

나는 다음 출구로 나간다. 완만한 굽이와 경사가 나온다. 항복은 바로 이런 느낌이다.

—

출구 74. 서쪽으로 간다. 서쪽으로 가야 뒤로 두고 떠날 수 있기 때문이다. 그것이 최후의 수단이기 때문이다. 내가 서쪽으로 가는 건 그곳이 내가 너를 기억하는 장소이기 때문이다.

트럭 휴게소. 작은 상점. 스타벅스. 로터리. 전봇대에 붙어 있는 실종 전단: 마이클, 에릭, 샌드라, 조지를 찾습니다. 도로는 4차선에서 3차선으로, 다시 2차선으로 좁아진다. 주황색 셔터 문이 달린 창고들은 계속 굳게 닫혀 있다. 변전소. 도로 맞은편에 나와 있는 레이지보이 안락의자와 똑같은 디자인의 어린이용 안락의자. 뒤편의 근사한 책상. 소방서. 학교 건물들: 매의 집, 얼룩이리의 집, 레이더스의 집. 스테인드글라스가 있어야 할 종탑에 성조기가 걸린 교회. 타코 트럭. 쓰러져 있는 견인차. 매립지 표지판. 오리들이 사는 호수. 곳곳에 있는 드라이브 스루 에스프레소 가게.

마주치는 모든 것이 전에 본 듯한 느낌을 준다. 늘 이미 알고 있다는 느낌. 동시에, 마주치는 모든 것이 낯설다.

여기를 너와 함께 왔던가? 우리가 이쪽으로 다녔던가?

전에 본 적이 있어서 익숙한 것은 무엇이고, 그냥 익숙한 이야기의 일부여서 익숙한 것은 무엇일까? 기억되는 것과 받아들인 것은? 잊어버려서 낯선 것과 정말 새로워서, 아니면 이번에는 내가 걷고 있어서, 이번에는 죽지 않은 자여서, 이번에는 네가 없어서 낯선 것은 무엇일까?

"어떤 게 진짜야?" 내가 까마귀에게 묻는다.

"빛난다. 진흙. 느리다." 까마귀가 말한다.

—

나는 한바탕 야드 세일이 벌어진 것처럼 생긴 동네에 다다른다. 작은 목초지로 변해버린 잔디밭에, 무너진 진입로에, 길가에 가구가 나와 있다. 침대 프레임들과 매트리스들. 서랍 칸들이 나뒹구는 서랍장들. 흠뻑 젖고 쿠션이 꺼진 소파들과 안락의자들. 상판이 찌그러진 커피 테이블들. 식탁들. 식탁 의자들. 흔들의자 하나. 체중계 하나. 실내 운동용 자전거 하나. 다리미판 하나. 갱단 정보원의 육중한 몸처럼 마구 밟혀 옆으로 쓰러져 있는 서류함 하나.

차양에는 말벌 둥지가 달려 있다. 블랙베리, 클래머티스, 나팔꽃 덩굴이 현관을 가리고 나무들을 타고 올라가 전선까지 휘감았다. 아래로 늘어진 전선에 신발 한 켤레가 대롱대롱 매달려 있다. 누군가의 발에서 벗겨진 신발이겠지.

누군가 이곳을 떠나기 전에 정원 노움garden gnome*들을 모조리 도로변에 줄 세워놨다. 노움들은 동네 끝에서 끝까지 서서 행진할 날을 기다린다. 담배를 피우고 삽을 들고 노란 꽃의 냄새를 맡는 노움들. 한 노움은 눈을 가늘게 뜨고 연발식 산탄총의 조준경을 들여다본다. 또 한 노움은 변기에 앉아 잡지를 읽는다. 한 노움은 '환영합니다' 간판을, 다른 노움은 '지옥에나 가라' 간판을 들고 있다.

다음 동네는 지난번 동네와 똑같으면서 또 다르다. 집들은 생김새가 거의 같다. 모두 아담하고 흰색 바탕에 틀이 파란색 아니면 회색 아니면 초록색이거나, 초록색이나 청회색 바탕에 틀이 흰색이다. 그리고 죄다 덩굴이 장악했다. 하지만 실내 물건들이 밖에 나와 있지는 않다. 노움 석상들은 여전히 자기 집 뜰에서, 영원히 다듬어지지 않아 길게 자란 수풀에 숨어 있다. 이 동네는 나무들도 다르다. 사랑받은 모습을 하고 있다. 이곳의 공허함은 덜 으스스하고 더 슬프다.

나는 그냥 집에서 무방비 상태의 집으로 간다.

* 유럽 전설 속 땅 밑에 살며 보물을 지킨다는 땅의 정령 노움을 형상화한 정원 장식용 석상.

그냥 방에서 고요한 방으로 간다.

침대와 욕실에서, 안락의자와 껌껌한 차고에 주차된 자동차에서, 나는 마을 사람들을 본다. 오래전 죽은 사람들. 옷 속에서 함몰되고 바짝 말라간 사람들. 정장과 멋진 원피스를 차려입은 사람들도 있다. 풋볼 유니폼을 입은 사람은 헬멧까지 썼다. 노인과 중년과 어린이 그리고 너무 어린 아기까지. 서로 안고 있는 커플. 온 가족이 함께 있다. 반려동물까지도.

면도칼. 알약. 총. 가스. 약간의 흔적들. 떠난 자들과 남은 것들로 이루어진 디오라마. 지금 나는 자살 테마파크에 표를 끊고 들어온 유일한 존재다. 액자 속 사진들을 구경한다. 유품들을. 자수 놓은 베개들을. 책등에 적힌 제목들을 읽으려고 살짝 고개를 기울인다. 식탁에 앉아본다. 냉장고 문을 구경한다. 거기 붙은 학교 급식 메뉴, 졸업 앨범 사진, 프롬 사진, 배심원 소환장을 본다. 창밖을 내다본다. 느리게 돌며 반짝이는 먼지 사이에 서서, 그들의 떨림을 느낀다. 지금 나는 그들이 그토록 두려워하던 존재다.

결국 있는 것은 허물어지는 헛간들, 야생으로 돌아간 농지를 구획하던 흰색 판자 울타리의 잔해들뿐이다. 길게 자란 풀밭에서 소와 사슴과 말이 다 함께 풀을 뜯는다. 장담하

건대, 코요테들이 양과 알파카를 전부 없애기까지는 얼마 걸리지 않을 것이다. 남쪽으로 흐르는 강줄기는 예전보다 푸르고, 버드나무와 오리나무 가지는 더 굵어졌다.

계곡 위 도로는 홍수에도 범람하지 않게 높이 지어졌다. 양골담초와 블랙베리가 자갈 깔린 가파른 갓길에까지 피었다. 잿빛 아스팔트는 서릿발이 끼었고 잡초에 잠식되고 있다. 거리 표지판이 있다. 총알구멍이 숭숭 뚫린 속도 제한 표지판도.

이쪽으로 차가 다니지 않은 지는 제법 됐을 테지만, 남아 있는 것들이 좀 있다. 포장도로에, 만들어진 커브 길에. 내 안에 무언가가 남아 있는 것처럼. 그것은 여전히 공포에 질려 떨고 있다. 우리는 몸속에 무언가를 간직하고 있다. 지구도 자기 몸속에 무언가를 간직하고 있다. 흙 속에. 얼음 속에. 진짜를. 가짜를. 시간을. 서로를. 우리에게 있었던 모든 기회를.

굶주림의 광기 또는 슬픔의 광기 또는 그냥 그대로의 광기를.

내가 아기도 먹게 될까? 도로에 아기가 누워 있으면 내

가 걔를 먹을까? 그래. 나는 아기도 먹을 거야. 내가 너도 먹
게 될까?

먹지 않은 상태라야 굶주림은 납득이 된다. 끊임없는 내
적 갈구. 이에 관해 유일하게 합리적인 해답은 갈구를 매번
끊어내는 것이다. 진복할 것. 괴결시킬 깃. 부징힐 깃. 고리
를 끊는다. 배고파서 먹었는데 여전히 배고프면 굶주림은
분노가 된다. 하지만 충족되기를 거부하면 굶주림은 납득이
된다―나는 먹지 않았고, 그래서 배고픈 것이다.

굶주림은 웅크린다. 부루퉁해서는. 비난한다. 나는 그것
을 무시한다. 아니면 무시하지 않는다. 나는 이렇게 말한다.
그래, 나도 알아. 그래도 여전히 내 대답은 안 된다는 거다.
나는 내 굶주림을 양육하고 있다.

내가 까마귀에게 말한다. "너는 네 굶주림과 친구가 될
수 없어."

까마귀가 말한다. "로빈새. 뛴다. 달콤하다. 콧노래."

나는 그 말이 옳다는 것을 안다. "나는 아직 준비되지 않
았어."

"치아. 연기. 스위치."

낮에는 바람이 휘몰아친다. 나는 바람을 맞으며 걷고 또 걷는다. 입을 열면 바람 자루처럼 빵빵해질 것이다. 날이 저물자 바람도 잦아든다. 나는 도로에 서서 서쪽 언덕 너머로 해가 저무는 모습을 바라본다. 노래와 숭배를 기억하며.

나는 살아 있는 자도 죽은 자도 만나지 않는다.

4부

그녀는 자신의 생각이 적힌 푸른 정맥이 돋은 책을 잃어버렸다.

—디온 브랜드

숲 변두리로 이어지는 벌판 저편에 집 한 채가 서 있다. 나는 도로를 벗어나, 바퀴 자국이 파인 진입로를 빙 둘러, 여전히 줄기가 푸른 건초가 쌓인 밭을 가로지른다. 건초는 자기 무게를 못 이기고 쓰러져 바닥에 거대한 나선과 물결을 이루고 있다. 제비들이 빙빙 돌다가 한쪽으로 기운다. 메뚜기들이 찌르르 운다. 그래, 찌르르. 너는 말하겠지. 어떻게 이런 걸 다 알아? 나는 어깨를 으쓱하며 말한다. 누가 무언가를 안다는 게 뭔데?

가까이 가서 보니 집은 전소했다. 집 정면의 흰색 미늘 판자는 연극 무대에 집처럼 보이게 세운 벽 같다. 유리 없는 창틀 안을 들여다보니 지붕이 날아간 내부는 시꺼먼 굴이다. "나 같아." 내가 까마귀에게 말한다.

집 뒤편으로 불길이 닿지 않은 작은 집이 한 채 더 있다. 지켜야 하는 누군가—배우자의 엄마를 두는 장소. 또는 나를 지켜줄 사람—관리인이 머무는 장소. 나는 그 안으로 들어간다.

나팔꽃 덩굴의 썩어가는 잎들이 창문을 갈색으로 도배했다. 담뱃진에 전 듯한 빛. 토마토 재배에 관한 글이 펼쳐진 원예 잡지. 장작 난로 옆에 누렇게 변해 쌓여 있는 신문들. 협탁에 놓인 유리잔. 세계지도가 있는 샤워 커튼. 새 모양의 소금 통과 후추 통. 말라비틀어진 초록색 비누. 같은 색의 벽 전화. 전화선은 길게 늘어나 꼬여 있다. 수화기를 들어 귀에 갖다 댄다. "여보세요?" 익숙하게도 아무것도 없다.

침대에 눕는다. 식탁에 앉는다. 유리병에 뭐가 들었는지 본다. 고무줄, 쓰고 남은 빵 끈, 펜 뚜껑, 식료품점 꽃다발의 수명을 늘려주는 보라색 가루 팩, 작은 타래로 단단히 묶인 노끈, 고리에 꿰었거나 낱낱인 열쇠들. 나사, 컵 걸이, 액자 걸이, 액자 못, 핀셋, 성냥갑 두 개. 나는 내가 절대 될 리 없는 늙은 여인의 초상을 완성해 간다. 나는 그녀에 관한 모든 것을 알고 있다. 잡동사니를 식탁에 죽 벌여놓고 하나씩 목구멍에 떨어뜨린다. 이것을. 저것을. 그런데 이 우물의 밑바닥까지 가닿는 것은 없다. 흐르는 침묵.

이제 깨달은 건데, 나는 여태껏 벌 떼를 추월하려 노력했다. 그런데 소용없는 짓이다.

나는 까마귀에게 말한다. "우리 여기에 계속 있자." 까마귀는 아무 말도 하지 않지만, 까마귀도 그 안에서 마음을 먹었다는 것을 느낄 수 있다.

나는 내가 작은 집에 살고 싶을 줄 알았는데 그보다는 정원이 끌린다. 너는 말하겠지. 내가 요정이면 바로 이런 데 살 거라고.

고목 두 그루가 있다. 사과나무와 자두나무. 두 나무는 서로에게 가까워지며 천천히 서로의 품으로 무너져 내리고 있다. 나무들은 몸통만큼이나 가지도 굵다. 자두나무는 오래전에 생겼거나 이제 막 생긴 틈에서부터 솟아난, 여리고 붉은 잎이 달린 헛가지들이 잔뜩 있다. 그리고 붉게 익어가는 열매로 묵직하다. 사과나무의 몸통은 나처럼 휑뎅그렁하다. 나처럼 죽지 않은 존재인 것 같지만 사실은 그렇지 않다. 얼마 없는 나뭇가지의 다듬어지지 않은 끄트머리에 노란색 사과들이 주렁주렁 달려 있다. 땅에 닿을 만큼 축 늘어져서.

단순한 시작도 단순한 끝도 없다는 것은 분명하다. 살아 있는 모든 것은 죽은 것들의 역사이자 미래다. 죽은 모든 것은 살아 있는 것들의 미래이고.

자두나무와 사과나무가 만든 그늘 밑에 눕는다. 가지 사이로 하늘을 올려다본다. 작은 햇살들이 내 몸에 얼룩을 드리운다. 엄마 집 뒷마당에 있는 텐트로 들어가 『나니아 연대기』를 죄다 읽었던 그때의 여름과 같은 기분이 든다. 휴대용 타자기의 여름. 복숭아색 종이와 초록색 잉크의 여름. 다른 무언가도 가능하겠다는 느낌이 든다.

새 한 마리―말쑥한 덤불어치―가 내 이마에 앉더니 고개를 숙여, 우리 둘의 눈이 마주친다. 그 만남으로 전해진 단서는, 단서가 있기 전까지 미스터리가 아니었던 미스터리를 드러낸다. 이 미스터리는 해결할 수 있는 종류의 것이 아니다. 무슨 일이 일어났는지, 누가 범인인지, 심지어는 이유가 무엇인지 파헤치는 미스터리와 다르다. 이 미스터리는 내내 늘 알고 있던 것이다. 성사聖事와 같은 그런 미스터리.

덤불어치가 공중으로 떠오를 때 내 피부에 새가 떠나간 흔적이 선명히 새겨진다.

나는 두 나무 사이 땅에 누워 있다. 움직이지도 않고 똑같은 자세로. 내 안에 까마귀도 누워 있다. 나처럼 가만히 있지만 좀 더 날이 서 있다.

처음에는 새들 소리만 들린다. 새들만 없으면 고요한 듯하다. 그런데 얼마 후—시간이 제법 지난 것 같은데—니는 내가 듣고 있는 게 아니라 생각 중이라는 것을 알아챈다. 알아채자마자 생각은 단번에 멈춘다. 선잠을 잘 때와 비슷하다. 머릿속에 생각이 딸깍 떠올라 잠이 얕아지는 순간, 자신이 생각보다 깊이 잠들어 있었다는 사실을 깨달으면서 동시에 아직 완전히 깨어나지는 않았다고 퍼뜩 인식하는 것처럼.

생각을 멈추고 나니 전혀 조용하지 않다는 것을 깨닫는다. 가끔은 아주 시끄럽다. 제일 시끄러운 건 풀들이다. 풀들은 바스락 쉭쉭 울고 높은 소리로 지저귄다. 흙도 시끄럽다. 늘 한숨을 쉰다. 피곤하거나 아쉬워서 내는 한숨이 아니다. 체념은 아닌데, 거의 그것에 가깝다. 체념이라는 것이 그리 단호할 수 있다고 한다면.

나는 무언가를 붙들고 있는 것 같다고 느낀다. 무언가의 가장자리를, 혹은 무언가의 끝을. 모든 게 참 빨리 지나간다. 빛은 아주 빠르게 다가오고, 어둠도 마찬가지다. 회전하는 행성과 여기 그 표면에 납작하게 누워 있는 나 역시도. 매 순간 나는 내가 붙들 수 없으리라는 것을 안다. 계속 미끄러질 것만 같다. 놓지 않으려고 안간힘을 쓰지만, 어느 지점에 이르러서는 다 의미 없다는 생각에 그냥 놓아버린다. 하지만 실제로 나는 아무것도 붙들고 있지 않았으므로 그 감정은 사라지지 않는다. 그렇게 나는 놓아야 한다는 감정과 이미 놓아버렸다는 감정을 동시에 느낀다.

이것이—바로 *이것이*— 죽지 않은 상태의 느낌이다. 그리고 살았을 때의 느낌이었다.

그러다 어느 순간 모든 게 느려지고, 선택할 수 있는 것은 움직이거나 움직이지 않는 것뿐이다. 굶주림과 같다.

지금 움직여? 지금 움직여? 지금 움직여?

체리와 새 무늬 커튼이 있던 방을 기억한다. 열린 창문으로 바람이 들어와 창턱에서 커튼이 두둥실 떠올랐고 무언가 탁탁 소리를 냈다. 집 어디서 문이 쾅 닫혔다. 그때 나는 이미 깨어 있었는데 정신이 더 또렷해졌다. 바로 움직이지는 않았다. 침대는 헝클어진 흔적이 없었고 너도 그곳에 없었다. 나는 겉옷을 입은 채로 잠든 터였다. 팔다리가 흐물흐물하고 쓸모없게 느껴졌다. 깎아놓은 잔디를 가로질러 현관 지붕 위로 비가 다가오는 소리가 들렸다. 일어나서 창문을 닫지 않으면 창턱에 빗물이 고여 커튼이 다 젖을 텐데. 이미 지난 태풍들로 갈색 빗물 자국이 생겼는데. 나는 무척이나 아쉬웠다. 창문을 닫으러 일어나야 한다는 아쉬움은 평생 쌓인 아쉬움에 더해진, 이게 끝이 아닐 아쉬움이었다. 나는 몸을 일으켜 침대 끄트머리에 걸터앉았다. 방을 가로질러 창문을 닫았다. 내리닫이창에 달린 추들이 덜커덩거렸디.

지금 움직여? 지금 움직여?

겨울이었고, 우리는 밖으로 내보내졌다. 쌓인 눈은 깊었고 밟은 흔적이 없었고 계속 내리고 있었다. 색깔은 없었다. 가까이 있는 나무들은 검게 보였고, 멀리 있는 나무들은 동판화 속 새의 가슴 깃 같았다. 하늘은 새하앴다. 하늘에서 떨어지는 눈은 재처럼 회색이었다. 나는 눈밭에, 내 몸이 파놓은 자리에 누워 있었다. 눈이 내 몸의 온기를 앗아 가는 게 느껴졌다. 나는 눈을 감았다. 떨어지는 눈송이가 먼저 떨어진 눈송이와 미세하게 엇갈리며 생기는 충돌음에 귀를 기울였다. 수백만 번의 충돌. 백색소음. 내 귓속에까지 들이찼다.

지금 움직여?

지금 움직여?

내가 결정을 내리느라 보낸 모든 시간을 떠올린다. 내가 놓친 것들을 생각한다. 내 평생을. 너와 함께한 모든 순간을 놓쳐버렸음을 다시금 깨닫는다. 거의 모든 순간을. 깨달을 때마다 늘 마음이 아프다. 하지만 언제나 이때가 내가 너를 가장 사랑하는 순간이다. 속이 울렁이고, 그와 함께 내 마음 같은 것이 저속 촬영한 장면처럼 피어난다.

너와 함께 모래 언덕에 누워 있다. 바다의 소리. 모래 언덕 수풀에 부는 바람의 소리. 변함없는 소리. 바다와 바람과 너 사이에 다른 것은 없다.

움직일지 말지 결정할 필요가 없다는 것을 깨닫는다. 여기서 100년은 누워 있을 수 있다. 500년도. 나뭇가지에 앉은 다람쥐들이 자두를 까먹으며 빨간 껍질과 씨를 나에게 떨어뜨린다. 무게를 못 이기고 떨어지는 사과들이 시큼한 향을 퍼뜨린다. 잎이 전부 지고, 나는 그 잎에 뒤덮인다. 비가 내린다.

처음에는 결정하기를 관둬 홀가분했는데, 나중에는 아니다. 홀가분함마저 없고 힘들지도 않다. 결정하지 않는다는 게 말이다. 움직이지 않는다는 게. 힘들다고 생각했는데, 실제로는 그렇지 않다는 것을 나는 깨닫는다.

어느 순간엔가 나는 결정하지 않은 채로 몸을 일으킨다. 도로 누워서 다시 잎에 뒤덮이고 싶은데, 너무 늦었다.

집 뒤편의 집 뒤편의 정원을 떠난다. 사과나무와 자두나무는 우리가 절대 함께 될 리 없는 늙은 여자들처럼 헐벗었다. 둘은 서로를 껴안는다.

지금은 겨울이다. 나는 계속 서쪽으로 간다.

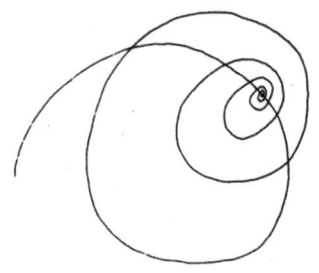

5부

세상이 너무 고요하다. 오래된 강이 혼란스러워,

때때로 망각하며 역류하는 소리가 들린다.

—찰스 시믹

두 길이 엇갈리는 교차로에 들어선다. 정지 표지판 네 개가 정면을 향해 서 있다. 위험물을 피하라고 경고하는 표지판들: 멈춰, 멈춰, 멈춰, 멈춰. 마르그리트가 떠오른다.

나는 맨 하늘과 생각보다 가야 할 길이 멀다는 감각을 인지한다. 우리는 곧 포플러 농장에 다다를 것이다. 줄과 열을 맞춘 사물들은 슬픔에 잠겨 있다. 펄프가 되기 위해 심긴 나무들. 병사들, 혹은 그들의 묘비들. 다수와 질서는 동질과 변주를 드러낸다. 우리에게 있는 개성의 한계를. 우리가 베어질 수 있다는 사실을.

"나 여기가 어딘지 알아." 내가 까마귀에게 말한다.

까마귀는 말한다. "고양이. 벽돌. 물"

"곧 포플러를 보게 될 거야." 내가 말한다. "아닐 수도 있고."

우리를 불시에 덮친 여느 상실과 다르게, 우리는 줄곧 그 나무들이 벌목됐으리라 예상했다. 번번이, 마음 아픈 사실을 받아들여 미리 체념한 후에야, 우리가 그저 충분히 멀리 가지 않았을 뿐임을 깨달았다.

나무들은 여전히 수 킬로미터 떨어진 곳에 있다. 여기서 조차도 주변의 지형과 농장을 구분 짓는 질서의 감각이 감돈다. 농장의 나무들은 다른 나무들보다 길고 곧게 뻗은 고가도로를 더 닮았다. 대오를 이룬 숲속의 헐벗은 잿빛 가지들이 저무는 태양을 붙든다. 베어 내지 않은 벌판의 농밀한 황금빛과 전나무 덮인 능선의 어둠 사이를 떠도는 활승 안개층처럼.

일몰의 마지막 흔적은 우리가 나무들 앞에 다다르기 전 희미해진다. 나는 남은 밤을 지새우려고 도로에 주저앉는다. 등을 깔고 누워 달과 별들을 바라본다. 지면 가까이 깔린 안개에 뭉개져 그것들이 보이지 않을 때까지. 안개는 차갑고, 차게 식은 내 피부에 소름이 돋는다. 안개는 도로 남쪽에 누구도 돌보지 않는 벌판과 북쪽의 농장 사이를 이동하는 것들의 미세한 소리를 희석하고 흩뜨린다. 낙엽의 바스락거리는 소리. 잔가지들이 부러지는 소리. 근처에서 우는 올빼미와 멀리서 대답하는 또 다른 올빼미의 소리.

나는 까마귀에게 의견을 묻는다.

까마귀가 말한다. "씁쓸하다. 바위. 늪지."

나는 생각해 본 뒤 말한다. "그럴 수도 있겠네."

도너 파티Donner Party*에 관한 책을 읽는 꿈을 꾼다. 책에는·긴 목록이 나오는데, 그들이 대륙을 건너며 남기고 간 온갖 물건이 적혀 있다. 가구, 거울들, 부서진 바퀴들, 죽은 아이들, 식기류. 내 생각에, 이것은 한 편의 시다. 나는 마지막으로 읽은 페이지를 손가락으로 잡은 채 책을 무릎에 뒤집어 놓고 책에 없는 장의 내용을 상상한다. 그들은 어떻게 점점 더 가벼워졌을까. 꿈속의 나는 여자 지도자 탐센 도너를 글로 묘사한다. 그 이름은 어쩌다 알게 되었다. 나의 묘사는 여태껏 쓴 것 중에 가장 완벽하다. 꿈속의 나는 눈을 감고 문장들을 혼자 되뇐다. 내가 잊어버리지 않도록.

시간이 제법 지났을 때 서쪽에서부터 다가오는 발소리가 들린다. 어딘가에 태양이 떠 있고, 안개는 짙고, 세상은 비어 있다. 도로는 내 꿈처럼 사방으로 사라진다.

나는 일어나 수레국화 원피스를 가다듬는다.

안개에서 웬 형체가 등장한다. 카를로스. 나는 작은 초록

---

* 미국 중서부에서 캘리포니아로 이주한 개척자 무리를 가리키는 말로, 혹독한 환경에 내몰려 급기야 일부는 식인 풍습에까지 의존했다.

색 트럭을 떠올린다. 트럭의 작은 바퀴들이 내 팔뚝을 질주하는 것을 느낄 수 있다.

카를로스는 촌스러운 야구 유니폼 차림이다. 딱 달라붙는 흰색 야구 바지에 흰색 저지를 집어넣고 벨트도 맸다. 가슴팍에는 빨간 흘림체로 '약탈자들Pirates'이라고 쓰여 있다.

"카를로스." 내가 말한다.

"약탈자 26호라고 불러줘." 카를로스는 이렇게 말하고 살짝 몸을 돌려 소매에 빨간색으로 적힌 숫자를 보인다.

"알았어." 내가 말한다.

"함께 가자." 그가 말한다.

카를로스가 앞장서고 내가 뒤따른다. 등판에도 숫자 26이 큼지막하게 박혀 있다. 그걸 보고 걸으면서 생각한다. 이 숫자가 낯익어. 까마귀처럼 말이야.

갈림길이 나오고, 속도랑 위에 놓여 관개 도랑과 포플라 농장을 잇는 널빤지 다리가 나온다. 양 갈래로 심긴 나무들 사이로 곧게 뻗은 흙길이 있는데, 소실점에 가닿기도 전에 안개에 파묻혀 사라진다. 가시철조망과 철사를 엮어 만든 출입구가 보인다. 거기서 약탈자 2호가 우리에게 문을 열어주고 우리가 들어오면 다시 닫으려고 대기 중이다.

철조망 내부로 들어오니 진입로 양쪽으로 대성당 입구를 지키는 고딕풍 성인들처럼 약탈자 몇 명이 더 기다리고 있다. 줄줄이 심긴 나무들 사이로 아치 모양 그늘이 수백 개는 되는데 이따금 개중 하나에 한 명씩 보초를 서고 있다. 약탈자 37호, 약탈자 18호, 약탈자 4호. 다 합치면 여덟 명쯤 될 것 같다. 몇몇은 우리를 앞질러 가고 몇몇은 뒤따른다.

나는 카를로스에게 이게 무슨 일이냐고, 무슨 일이 있었느냐고, 여기는 어떻게 오게 됐느냐고 묻고 싶다. 하지만 나무들이 쉿 하기에 나는 아무 말도 하지 않는다. 6미터가 넘는 나무들의 몸통은 곧고 잔가지 하나 없다. 몸통 위 굵은 가지들은 런던 브리지 놀이*를 하는 아이들이 번쩍 들어 맞잡은 손처럼 아주 높은 곳에서 만난다. 나는 그 놀이를 여태껏 잊고 살았는데, 이렇게 붙잡혀 포로가 된 순간의 짜릿함, 소스라침, 약간의 메스꺼움과 함께 그 기억이 되살아난다. 열쇠를 가져가 그녀를 가둬요. 그녀를 가둬요. 그녀를 가둬요.

우리는 아주 오래도록 숲속으로 들어간다. 이 정도면 나무들이 끝나고도 남아야 할 텐데, 하고 나는 생각한다. 날이 저물었을 때도 걷고 다시 밝았을 때도 계속 걷는다. 동질한 까닭에 전혀 나아가는 것 같지 않다. 나무들은 그저 계속 반

* 두 사람이 손을 맞잡고 아치를 만들면 그 밑을 다른 사람들이 노래를 부르며 지나가는 놀이로 우리나라의 '동대문을 열어라' 놀이와 흡사하다.

복된다. 이곳의 시공간은 뭔가 다르게 작동한다는 확신이 들지만, 이제 나는 더 이상 그런 것을 신경 쓰지 않는다. 우리는 걷고 또 걷는다. 안개는 절대 다 걷히질 않지만, 이따금 옅어질 때가 있고 그럴 때는 숲을 더 깊이 내다볼 수 있다. 매번 걸음을 딛고 매번 위치가 조금씩 달라질 때마다, 나무 몸통과 바깥으로 뻗어나가는 길의 새로운 패턴이 드러난다.

까마귀가 말한다. "달걀. 비스킷. 모자."

나는 대답하지 않는다.

더 많은 포플러가 사방을 둘러싼, 넓고 들쭉날쭉한 공터에 다다랐을 때 아마 며칠은 흘렀을 것이다.

약탈자들은 함께 이런저런 일을 한다. 몇몇은 우리가 도착하자 힐끔 올려다봤다가 알은체도 거의 하지 않고 하던 일을 마저 한다. 끄덕임. 손 인사. 약탈자 두 명이 카드 테이블에 마주 앉아 직소 퍼즐을 맞추고 있다. 공터 저편에서는 한 무리가 태극권을 하고 있다. 또 어떤 무리는 빨간색 미니어처 헛간 같은 조립식 창고를 옮기는 중이다. 껍질을 벗긴 나무 장대를 굴림대로 삼아 그 위에 창고를 얹어 굴린다. 둘이 어깨에 얹은 두꺼운 밧줄은 창고 정면 모서리의 거대한 아이볼트와 이어진다. 셋이 뒤에서 창고를 밀면 나머지 둘이 창고가 계속 굴러가는 동안 뒤로 빠져나온 장대를 맨 앞으로 옮긴다. 아주 효율적으로 일한다. 트럭 운전기사들이 할 법한 외마디 추임새를 곁들이며. "자!" "워-워!" "이대로!"

우리의 수행단도 하나둘 이런저런 일을 하러 자리를 뜬다. 결국 카를로스와 나만 남는다. 우리는 알루미늄과 플라스틱으로 된 접이식 의자를 대충 원형으로 배치해 앉아 있는 무리를 지나친다. 꼭 중독 재활 모임 같다. 우리가 지나가는 동안 누구도 입을 열지 않는다. 명상 중인 건가. 한 명은 3번 재니스를 빼닮았다. 내가 카를로스에게 속삭인다. "3번 재니스인가?"

카를로스가 말한다. "약탈자 12호야."

나는 또 낯익은 얼굴이 있는지 다른 약탈자들을 둘러본다. 안개가 낀 데다 다 같은 유니폼을 입고 있어서 분간하기가 쉽지 않다. 모두가 똑같고 낯익어 보인다. 그런데 그때 밥이 외바퀴 손수레에 다리 하나가 없는 약탈자를 태우고 지나간다. 밥은 99번이 적힌 유니폼을 입고 있다. 나는 다른 데로 화제를 돌리려고 카를로스에게 말을 건넨다. "99는 좋은 번호 같아." 카를로스는 어깨를 으쓱한다.

"모자에서 번호를 뽑았어." 그가 말한다.

"뽑은 번호가 마음에 안 들면?"

"어떤 번호든 행운을 가져다줄 수 있어."

"모자는 어디 있어?" 내가 묻는다.

"저기." 카를로스는 공터 한쪽 끝에 골이 진 양철 건물을 가리킨다.

"왜 유니폼을 입고 있어?"

"여기 있길래."

"나도 입을 수 있나?"

카를로스는 또 어깨를 으쓱한다.

"너 원래는 좀 더 말수가 많았는데." 내가 말한다.

카를로스는 공터 정중앙에 어설프게 지어진 팔각 정자로 나를 데려간다. 얇은 금속 골조에 칸막이벽이 둘려 있고 비닐지붕에는 화사한 노란색과 흰색 줄무늬가 그어져 있다. 약탈자 둘이 그 앞을 보초처럼 지키고 있다. 한 명은 모르는 얼굴이고, 한 명은 앨리슨이다. 앨리슨은 7번 옷을 입고 있다. 그래서 나는 "안녕, 약탈자 7호"라고 인사한다.

앨리슨이 말한다. "당신 인생은 무 위에 지어진 것이 아니야." 그런 뒤 옆으로 물러선다. 정자의 출입구를 겸하는 칸막이벽 한 칸에 경첩들과, 걸쇠에 더 가까운 손잡이 하나가 달려 있다.

"내가 들어가야 해?" 내가 말한다.

앨리슨이 말한다. "새들은 별들을 향해 날아가지, 아마도."

나는 카를로스를 바라본다.

카를로스는 어깨를 으쓱한다.

나도 어깨를 으쓱한다.

내가 문을 열고 들어가 닫는다.

정자는 비어 있다. 맨바닥 가운데 지름이 25센티미터쯤 되는 구멍이 있다. 아주 부자연스러워 보인다. 가장자리가 안으로 허물어지거나 한 것은 아니지만 딱히 보강한 흔적도 없어 보이고⋯ 그러니까 이건 파이프나 우물의 구멍일 리 없다. 까슬한 목초가 구멍 가장자리까지 바짝 자라 있다가 뚝 끊긴다. 잘 관리받은 잔디밭의 가장자리와도, 절벽의 침식된 가장자리와도, 심지어 테라리엄의 가장자리와도 같지 않다. 그보다는 우주의 가장자리에 더 가깝다. 절대적이고 불가해하다.

구멍 안으로 무언가 드나드는 게 틀림없어 보인다. 나는 뭐 던질 게 없나 주변을 살핀다. 정자를 돌아다니며 찾아보지만, 조약돌이라고 할 만한 돌멩이조차 보이지 않는다.

나는 구멍 근처로 다가가 안을 들여다본다. 구멍 속 어둠은 상상한 어둠이 아니다. 그 어둠은 뭔가 다르다. 지나치게 깊다.

나는 오른쪽 신발을 벗는다. 신발은 더럽고 축축한 데다 밑창 테두리가 너덜너덜하다. 밑창의 노란 고무는 반질반질하게 닳아 있고 발꿈치 부분에는 1달러 은화만 한 구멍까지 뚫려 있다.

나는 신발을 구멍에 떨어뜨리고 귀를 기울인다. 신발이 바닥에 닿는 소리가 잘 안 들리는 수준이 아니다. 아예 아무런 소리도 나지 않는다.

안녕 운동화.

아무래도 반대쪽 신발도 보내주는 게 맞아 보인다. 그래서 나는 왼쪽 신발을 벗어 구멍에 떨어뜨린다. 마음이 놓인다. 이것은 선택이라기보다 인정 또는 시인에 가깝다.

수레국화 원피스를 벗는다. 원피스는 빨랫줄에 걸어놓았다가 날아가 눈이 다 녹은 봄에야 발견된 옷처럼 생겼다. 나는 원피스를 구멍에 떨어뜨린다.

몸통에 감아놓았던 침대 시트 붕대도 풀러 한 번에 떨어뜨린다.

이제 까마귀와 나뿐이다. 갈비뼈 밑으로 손을 넣어 까마귀를 꺼낸다. 작고 빨간 미라. 까마귀를 말아놓은 빨간색 셔츠 소매를 풀어 구멍에 던진다. 까마귀는 내 손에 들려 있다. 널 보내줘야 할까? 너마저?

까마귀는 아무 말도 하지 않는다.

까마귀는 날개를 꼭 웅크리고 있다. 가볍고 건조하다. 깃털은 부스스하고 아름답다. 말려 있는 발의 작은 살점은 여전히 보드랍다.

나는 까마귀를 구멍에 떨어뜨린다.

까마귀가 낡은 공기수송관을 돌진해 맑은 하늘로 비상

하는 장면을 상상한다.

까마귀가 낙하산처럼 몸을 펼치는 장면을 상상한다.

까마귀가 멀리 날아가는 장면을 상상한다.

갑자기 몸이 무거워진다. 나의 진흙 몸이 여태껏 내가 짊어지고 다닌 짐처럼 느껴진다. 그 느낌은 아주 희미하게 익숙하다. 더는 서 있을 수 없다. 나를 불안하게 하는 구멍으로부터 안전한 거리를 확보하게 뒤로 물러설 힘조차 나지 않는다. 그대로 구멍 옆에 주저앉는다. 이대로도 좋지만, 누우면 더 좋을 것 같아. 나는 바닥에 몸을 뻗고 눕는다.

벌거벗은 채. 외팔로. 까마귀도 없이.

우리는 블루베리를 따고 있다. 우리는 블루베리를 따려고 차를 몰아 바닷가로 나왔고, 누구도 돌보지 않는 블루베리 숲 깊숙이 들어와 있다. 높은 덤불에 가려져 서로를 볼 수는 없지만 우리는 가까이 있다. 우리는 건초 더미를 묶는 노끈을 탄띠처럼 둘러 가슴팍에 바구니를 달고 있는데, 블루베리가 바구니에 떨어질 때면 부드러우면서 단단한 소리가 난다. 손가락 끝을 맞부딪칠 때 나는 소리처럼. 우리는 침묵을 드나든다. 나머지 하루는 멀리 떨어져 있다. 구슬픈 비둘기들이 각자 다른 곳에서 서로를 부른다. 블랙베리 덩굴이 자리를 비집고 들어온다. 사슴들이 이곳에서 자다 갔다.

요즘처럼 더운 여름에 블루베리를 따기에는 너무 늦어 버렸다. 열매들은 거의 다 땅에 떨어져 퀴퀴하게 쌓인 낙엽 더미 속에서 말라간다. 곰이 들춰 킁킁대는 모습을 상상하다가 내가 말한다. "곰을 만나지 않으면 좋겠는데." 네가 말한다. "그러게!" 내가 말한다. "그렇게 죽는 것도 나쁘진 않겠다." 나는 네게 어떻게 죽고 싶냐고 묻는다. 너에게는 이미 준비된 답이 있다. 너는 말한다. "좋은 하루를 보내고 자다가 죽고 싶어."

나는 하늘을 올려다본다. 구름 뒤편의 태양은 환하면서 탁한 전구 같다. 구름이 어찌나 빠르게 움직이는지 나는 균형을 놓친다. 까마귀가 날아든다. 까마귀는 윤이 흐르고 바람을 정면으로 맞고 있다. 날갯짓은 태피터 천을 펄럭이는 소리를 낸다. 까마귀가 고개를 갸웃하고 나와 눈을 맞춘다. 까마귀가 말한다. "케이크. 산. 영원."

나는 눈을 감고 숨을 쉬어보려 하지만 세상의 종말이 내 목구멍에 와 있다. 지난여름 이전의 여름. 너는 너의 형제 아니면 나의 형제에 관해 무언가를 이야기한다. 말하는 소리는 또렷이 들리는데 네가 아주 아득히 있는 듯도 하다. 우리가 향하는 줄도 몰랐던 미래에서 뒤를 돌아본다는 것은 견딜 수 없는 일이다. 그건 옳지 않다. 견딜 수 없는 건 우리가 알고 있었기 때문이다. 그건 우리 손바닥만큼이나 자명했다.

우리는 덤불을 헤쳐가며 블루베리를 딴다. 한 명이 실한 덤불을 발견하면 둘 다 걸음을 멈춘다. 블루베리를 따려면 깊숙이 손을 넣어 맨 위에 달린 가지를 잡아당겨야 한다. 어떤 때는 열매가 손에서 미끄러져 바닥으로 떨어진다. 꼭 폐기물처럼. 꼭 십일조 헌금처럼. 우리가 없으면 이곳이 되어버릴 모습처럼.

우리는 덤불 끝에 다다른다. 크랜베리 늪 어귀에 자라난 수풀은 높고 빽빽하다. 태양은 온화하고, 1.6킬로미터 떨어진 바다의 소리가 퍼져 탁 트인 공간을 채운다. 우리가 할 수 있는 건 고개를 돌리고 서서 아치형의 포효를 받아들이는 것뿐이다.

우리는 지붕널을 얹은 판잣집으로 돌아간다. 문틀에 문이 없고 창틀에 창이 없는, 우리 말고는 절대 누구도 오지 않는 곳으로. 열매를 두라고 한구석에 쌓아놓은 판지 상자에 바구니를 비우고, 녹슨 흰색 저울로 열매의 무게를 단다. 닳아빠진 바닥 위에 우리의 굼뜬 발걸음이 짙은 발자국을 남긴다. 우리는 수표책을 깜빡했다는 것을 이제야 깨닫지만, 내 주머니에서 20달러 지폐가 한 장 나온다. 우리가 필요한 것보다 많은 돈이다. 마치 우주가 우리의 행복을 승낙해 준 것만 같다.

우리는 자동차에 올라타 해변으로 차를 몬다. 우리의 손가락은 블루베리로 푸르게 물들었다.

네가 앞장서고 내가 뒤따르며 해변 소나무 길을 걸어 모래 언덕 수풀로 들어간다. 우리의 발걸음은 어떤 소리를 내든지 언덕을 다 오르기 전까지 볼 수 없는 파도 소리에 족족 묻힌다. 언덕 꼭대기에 서는 순간 반짝이는 세상이 한눈에 들어오고, 우리는 바람에 떠밀려 올라온 두 낙엽 더미 같다. 너와 나로 나뉘었던 모든 것이 합쳐져 하늘로 던져진다.

우리는 세상의 가장자리에 신발과 양말을 벗어두고 긴 비탈을 건너 파도가 들이치는 곳으로 향한다. 저 멀리 젖어 있는 모래는 꼭 하늘처럼 보이지만 가까이서 보면 갈색 깃털 또는 비늘 같다.

이날은 우리가 모래 언덕에서 잠든 날이 아니다. 이날은 우리가 큰 까마귀들을 본 날이다. 까마귀들의 머리가 짐수레 끄는 말만큼 크다. 까마귀들은 우리가 이해할 수 없는 놀이를 하는데 지켜보면 제법 재미있다. 이날은 우리가 수천 마리 새가 남쪽으로 이동하는 것을 미처 알아보지 못한 날이다. 끝없이, 두려움도 없이 나는 새들. 파도 골을 향해 내려갔다가 부서지는 물결을 따라 위태로이 이어지는 점선. 네가 나에게 물가에서 주운 석영을 건넨다. 반질반질하고 납작해서 걱정할 일은 없다. 우리는 연잎성게를 주머니에다 담을 수도 없게 잔뜩 발견했던 또 다른 날을 기억한다.

한참 차를 타고 집으로 돌아가는 길에 내가 말한다. "나 졸려." 네가 말한다. "눈 붙여, 자기야."

까마귀의 말이 들린다. "삽. 뼈. 의자. 바늘."

그때 눈을 감지 말았어야 했다. 창문에서 눈을 뗄 네가 나를 보던 순간에 너를 볼 걸 그랬다. 나는 이 세상을 놓쳤다.

정자에서 보내는 밤. 속이 안 좋아지려고 한다. 상체를 일으켜 구멍의 무시무시한 가장자리 위로 몸을 내민다. 내 안의 검은 벌 떼가 돌진해 나온다. 혀를 뒤덮고 콧구멍으로 쏟아진다. 파도처럼 밀려온다. 더 있다는 게 말이 되지 않는데도 계속 나온다. 마치 하나의 연속체처럼, 내 몸 밖으로 나오는 무한한 액체의 몸인 것처럼. 나는 이게 끝나지 않으리라는 것을 깨닫는다. 나는 영원히 구토할 것이다. 이게 나를 뒤집어 놓을 것이다. 나는 결딴이 날 때까지 구토할 것이다. 얼마나 오래 지났을까. 끝났을 때는 정말로 끝이었다. 하지만 잘 믿기지 않는다. 나는 도로 눕는다. 구토가 다시 시작되기를 기다리지만 다시 시작되지 않는다.

얼마 후 다시 들려오기 시작한다. 고요함 특유의 소음이. 나는 굶주림을 찾아보지만 부재뿐이다. 까마귀를 찾아보지만 그 자리는 비어 있다. 나는 마침내 절망한다.

내가 전부 괜찮은 척했던 건 매번 작별을 고하기가 불가능해 보였기 때문이다. 블루베리에게. 바다에게. 큰 까마귀들에게. 펠리컨과 물떼새에게. 가마우지에게. 4시의 거실에 비치는 햇살에게. 옆방에서 네가 내는 소리에게.

다시 일어난다. 이제 선명히 볼 수 있다. 구멍에서 또는 나에게서 뿜어져 나오는 더한 심연의 어둠이 주변의 어둠을 밝히는 듯하다. 모든 그림자는 저마다의 그림자를 가졌다. 거기 마르그리트가 있다. 약탈자 14호. 나는 내가 마르그리트를 다시 보게 되리란 것을 알고 있었음을 깨닫는다.

"그날이 아니었어." 내가 말한다. "모래 언덕에서의 그날이 아니었어."

"옳은 날도 있고 틀린 날도 있지." 마르그리트가 말한다. "이걸 입어."

마르그리트가 내 옆자리 바닥에 가지런히 접은 옷들을 둔다. 유니폼은 아니다. 나는 흰색 면 팬티와 속셔츠를 입는다. 깨끗한 양말도 있다. 근사한 경량 울 소재로 만든 개버딘 바지를 입는다. 한 손으로 셔츠 단추를 잠그느라 낑낑대고 있으니 마르그리트가 나를 돕는다. 팔이 들어 있지 않은 셔츠 소매를 부드러운 초록색 카디건 소매 안에 넣어 빼준 다음 내 허리춤에 깔끔하게 집어넣는다. 벨트는 혼자서 낄 수 있지만 캔버스 운동화의 빳빳한 흰색 끈을 묶을 때는 도움이 필요하다. 마르그리트가 이중으로 끈을 묶어주고 자리에서 일어난다. "준비됐어?" 마르그리트가 묻는다.

—

공터는 아주 고요하다. 카를로스는 거기 없다. 앨리슨도 떠났다. 아무도 보이지 않는다. 안개는 걷혔고 달은 밝다. 억센 풀잎과 흙 알갱이 하나하나가 완벽하게 선명한 그림자를 드리운다.

우리는 포플러 숲으로 들어간다. 달빛에 나무들이 반짝인다. 아주 희미하고 서늘한 산들바람이 분다. 여전히 나뭇가지에 높이 달린 얼마 없는 나뭇잎이 바람에 팔랑인다. 우리는 밤새도록 걷는다. 바람이 잦아들다가 해가 뜨기 직전에 다시 불어온다.

박자에 맞았다가 안 맞았다가 하며 흔들리는 나무들이 아침 광선을 오려 내어 반짝이는 조각과 얼룩으로 흩뿌린다. 정연한 나무들의 몸통은 양쪽으로 점과 선의 무늬를 이루며 하나로 겹쳤다가 풀려난다. 낮은 가지를 쳐낸 자리에는 눈 모양의 흉터가 남았다. 그 눈들은 직교 격자의 교차점마다 바큇살처럼 뻗어 나간 수많은 소실점에 넋을 잃어, 우리 너머를 응시한다.

새 옷을 입고 걸으니 좋다. 카디건의 초록색이 좋다. 빈 소매가 허리춤에 쏙 들어가 있는 게 좋다. 바지 주머니에 손을 넣으니 다시 양팔이 생긴 기분이다.

과거가 종말 이전의 모든 것을 의미하기 전이었던 시절을 묘하게 떠올리게 하는 흔적들이 곳곳에 있다. 폐기장이 아니라 숲속으로 흘러 들어온 쓰레기통. 어쩌다 농장 철조망에 걸려 죽은 동물. 산더미처럼 쌓인 초록색 와인 병과 쿼트 캔. 장작을 지펴 사용하는 옛날 난로. 탁하고 납작한 눈으로 쳐다보고 쳐다보며 당장 뭐라고 말할 것만 같은, 유리섬유로 만든 크기가 소만 한 수탉 조각상. 나는 까마귀가 그립다.

계속 걷다 보니 우리는 어딘가로 들어가는 게 아니라 빠져나가고 있다.

그렇게 농장 끝자락의 출입구에 다다른다.

"이제 작별이네." 마르그리트가 말한다. 포옹해야 하나. 마르그리트가 유니폼 바지의 뒷주머니에서 흰 돌을 꺼낸다. 해변에서 네가 나에게 건넸던 석영이다. 마르그리트는 그걸 내 얼굴 앞에 들이밀고 내가 입을 열기를 기다린다. 마르그리트는 그 돌을 성찬식 때 쓰는 제병인 양 내 혓바닥 위에 올린다. 매끈한 동시에 미세한 구멍들이 느껴진다. 촉감이 좋다. 적당한 무게감과 약간의 짭짤함.

마르그리트가 내가 나가도록 문을 열어준 뒤 나를 내보내고 다시 닫는다. 무슨 말을 해야 할지. 실수로 돌을 삼켜버리면 어쩌나. 그러면 이제는 어디로 떨어지는 걸까? 벌 떼도 없는데 내 안에는 뭐가 있지? 무로 만들어진 동물이 없다면. 굶주림이 없다면.

마르그리트가 출입구 너머로 손을 뻗어 내 어깨를 가볍게 두드린다. 떠나보내는 말의 옆구리를 툭툭 치듯이. "괜찮을 거야." 마르그리트는 주머니에 손을 깊이 찔러 넣고 농장으로 돌아간다. 한 번 뒤돌아볼 때 내가 손을 흔들지만 마르그리트는 받아주지 않는다.

6부

끝이 우리에게서 달아나면 우리는 어디에 있을까?

—엘렌 식수

나는 계속 서쪽으로 간다. 모래 언덕에 네가 없으리라는 것을 안다. 나는 그곳에 있겠지만. 나는 그곳에 있을 것이고, 나를 통해 너 역시 그곳에 있게 될 것이다. 우리가 함께였던 장소에 내가 있으면, 우리는 다시 함께인 것이다.

어둑한 숲과 처량한 벌목지. 두 개씩 나란히 서 있는 송전탑 행렬. 처형 후에 남겨진 밧줄처럼 덜렁이는 검은 케이블 뭉치 말고는 걸려 있는 게 없다. 산등성이에 녹슨 터빈이 바람에 흐느낀다.

머리 위에는 독수리들이 있다. 눈이 날카로운 메마른 새들. 벗겨진 머리를 갸웃하며 내가 지나는 길을 지켜본다. 잠자코 침묵하며.

길은 바닷가와 긴 유역을 가르는 야트막한 언덕으로 이어진다. 산사태로 무너지고 홍수로 씻겨 내려간 곳들이 있다. 길가 한쪽은 오르막인데 반대쪽은 가파른 낭떠러지다.

오르막에는 수목의 역사가 있다. 그루터기들은 누구도 돌보지 않는 묘지의 묘비들처럼 다시 소생하는 숲속에 몸을 웅크리고 있다. 내리막은 강과 오래된 철도로 이어진다. 철도 침목 사이사이에 겨울 잡초의 휘어진 줄기들이 솟아나 있다. 길가 바로 옆에는 건물이 한 채 있는데 판잣집에 가깝다. 외벽은 합판과 타르지를 기워놓았다. 그곳으로 향하려는데 서쪽에서 철도를 따라 누군가 다가오는 게 보인다. 거친 자갈이 밟히는 소리가 들린다.

여자인 것 같다고, 나는 생각한다. 기우뚱한 형체가 피로에 찌들어 있다. 여자는 지팡이를 짚으며 걷고 있고, 기름을 먹인 유포 재질의 짙은 색 더스터는 치렁하게 내려와 바닥을 쓸고 있다. 추레한 캔버스 가방을 가슴 앞에 메고 있다. 모자는 버섯 머리 모양이다. 여자는 느리게 움직인다. 고통이 익숙하고 의지가 결연한 노인의 몸짓이다. 살아 있는 여자구나. 나는 굶주림이라는 어두운 욕망이 나를 찌르기를 기다리지만, 내 안은 아무것도 없이 공허하다.

여자가 걸음을 멈추고 귀를 기울인다. 나는 내가 나무보다도 정적으로 서 있는 언덕을 그녀가 올려다보기를 기다린다. 추운 날 강이 흐르는 소리는 위태롭고 희미하다. 여자는 미행당하고 있는지 살피는 듯 걸어온 길을 돌아본다. 그런 뒤 재빠르게 철도를 벗어나 판잣집으로 향한다. 그리고 외벽을 두드린다.

"일어났니, 잠꾸러기?" 여자는 고개를 기울여 안쪽의 반응을 살핀다.

웬 꼬마가 대꾸한다. "나 배고파." 심술이 나서 칭얼대는 목소리.

"속에 걸신이 들어앉았나 보다." 늙은 여자가 말한다.

"아니야." 아이가 칭얼대며 벽을 쿵 친다. "나 배고파."

늙은 여자가 머리 위로 가방을 벗어 그 안에서 갖가지 물건을 꺼내 신중하고 정성스럽게 바닥에 늘어놓는다. 굵은 고무줄. 권총. 나무 숟가락.

아이는 계속해서 벽을 치고 발로 찬다.

"좀 참거라." 늙은 여자가 말한다. 그녀는 더스터를 벗어 바닥에 깐다. 그 위에 무릎을 먼저 꿇고 힘겹게 앉는다. 그런 뒤 판잣집 외벽에 등을 기대고 다리를 뻗는다. 왼팔 소매를 걷는다. 팔꿈치 아래 팔이 없다. 팔에 감은 붕대를 풀어내는 게 숙련된 현장 의사의 솜씨다. 여자는 고무줄 끝을 입에 물고 남은 팔 끝에서 몇 센티미터 위에 줄을 동여맨다. 그러면서 시종일관 이야기를 한다. 아이에게 오늘 아침에 잡은 물고기 이야기를 들려준다. 무지개송어. 배를 갈라서 보니 쥐가 통째로 있더란다. 이따금 고통을 참느라 목소리가 흔들린다. 아이는 계속해서 벽을 발로 차고 긁는다.

늙은 여자는 나무 숟가락을 입에 물고 겉옷을 깔아놓은 바닥에 드러눕는다. 자리를 잡느라 조금 버둥댄다. 이제 반려동물 출입용으로 대강 만들어 놓은 것 같은 작은 문을 밀어 열더니, 그 안으로 팔을 집어넣는다. 고무줄을 묶은 부분까지 다 집어넣기도 전에, 발길질하고 두드리는 소리가 뚝 그친다. 여자의 얼굴이 고통으로 일그러진다. 여자의 눈에서 눈물이 흐른다.

네가 생각하는 소리는 아니다. 으르렁대는 짐승 소리는 없다. 그저 먹는 소리일 뿐이다.

여자가 눈을 뜨고 나를 쳐다본다. 그녀가 내 정체를 알아채는 순간, 내가 몸을 돌려 달아나기 직전의 그 순간, 우리 사이에 무언가가 흐른다. 알아봄. 이미 견딜 수 없는 것은 너무나도 많은데. 어떻게 더 많아질 수가 있겠어?

언덕을 다 벗어났을 때 다시 강을 만난다. 다리는 끊겼다. 다리 건너편의 그루터기는 여자의, 또는 나의 팔 토막을 닮았다. 벌목지의 그루터기들. 이 그루터기들은 서로 닮지 않았지만, 모두 한 뿌리에서 왔다.

강은 수위가 낮아서 군데군데 자갈 섬들이 드러나 있다. 버드나무와 오리나무가 강가를 둘러싸고 있다. 나뭇잎이 하나도 없는 나무 곳곳에 휑한 새 둥지가 보인다. 버려진 둥지와 그걸 지탱하는 나무, 나는 둘 중에 뭘까?

밤이 찾아온다. 어두울 때는 모든 게 더 커지고 가까워진다. 별들이 아주 빽빽하게 차 있다. 나는 마침내 깨닫는다. 하늘이 내 위에 있는 게 아니라, 내가 하늘 품속에 있다는 것을. 이건 까마귀와도 관련이 있다. 그리고 까마귀는 아기와 관련이 있다. 그리고 까마귀는 너와도 관련이 있다. 아마도 아기가 너와 관련이 있는 방식 그대로. 피가 아니라, 나를 통한 연결. 증대를 갈망하는 공동의 욕망을 통한 연결. 우리는 더 많은 서로를, 더 많은 삶을 바랐다. 우리는 우리의 사랑이 머무는 집에 아기를 더하려 했다. 말하자면 일광욕실 같은, 그러나 경이와 두려움과 시간과 부정으로 만들어진 공간을. 그것은 미래였다. 우리는 그곳에 사는 우리를 꿈꿨다. 우리가 처음 하게 되었을 일들은 모두 상상으로 남았고, 세상은 이미 너무 늦어버린 게 아닌 양 계속 돌아갔다. 정말이지 아기가 죽었다고는 할 수 없었다. 사실은 아기도 아니었지. 아직은. 사실 그 단어를 쓰고 싶지도 않다. 다른 대안이 있었으면 한다. 그건 말하자면 죽은 미래에 더 가까웠다. 과거의 일부가 된 미래였다.

시간 안의 시간. 사물 안의 사물. 내 안의 까마귀. 송어 배 안의 쥐. 골프 코스 위 소녀의 배. 아픔을 주는 것들. 진짜와 가짜. 이 끝없는 슬픔 대신 굶주림이 돌아오기를 바라는 것은 무의미하다.

아침에 강에 낮게 깔린 안개 사이로 한 쌍의 백마가 보인다. 나는 골프 코스와 소녀와 소년의 희멀건 몸을 떠올린다. 어쩌면 저 말들은 꿈, 허깨비, 위안이지 않을까. 의미. 그런데 그때 말 하나가 다른 말을 덮친다. 발굽의 자세는 어딘가 어설프고 적절치 못하다. 딱딱한 성기는 밀대처럼 곧고 두껍다. 육중한 몸이 절박하게 움직이는 모습이 우습다. 다끝났을 때, 말들은 나란히 풀을 뜯고 아무 일도 없었던 것처럼 엉킨 꼬리를 휘휘 흔든다. 아름답지만, 결국 그냥 말이다. "허." 내가 말한다. 그러자 말들이 풀을 씹다 말고 일제히 고개를 들어 나를 쳐다본다. 저들도 내 정체를 궁금해하려나. 말들은 눈을 깜빡이고 크고 뜨끈한 콧구멍으로 허연 콧김을 내뿜는다. 마침내 하나가 다시 풀을 씹기 시작하고 그러자 다른 하나도 풀을 뜯는다.

앞에 놓인 길은 남쪽으로 급격히 꺾였다가 다시 서쪽으로 굽어진다. 강굽이의 맴돌이가 잎들과 죽은 물고기들과 뱀들과 쓰레기를 가두듯, 이 길의 모퉁이에는 트레일러, 블루버드 스쿨버스, 냉동 컨테이너와 화물열차, 조류藻類가 번

진 캠핑카와 흰곰팡이가 핀 이동식 주택 들에 파란 방수포를 씌워, 모두 줄줄이 엮고 사이사이마다 녹슨 프레임과 이끼 낀 자동차와 트럭 차체를 덧대어 길을 만들어 놓은, 나선형 미로로 된 기지가 있다. 흐린 첨탑의 형태로 피어오르는 습한 연기, 익힌 고기와 똥과 오줌 냄새, 노랫소리와 개들이 짖는 소리가 희미하게 오후에 퍼진다. 여기 아포칼립스가 있다. 여기 살아 있는 자들이 있다.

나는 그들을 피해 길가를 떠나려 한다. 어두워질 때까지 기다려야겠다. 모두가 잠들었을 때 거미처럼 살며시 통과할 것이다. 나는 왜 숲속에서 만난 늙은 여자를 보고 달아났을까?

낮게 내려앉은 하늘은 아직 내리지 않은 눈으로 찌뿌둥하다. 찌르레기 떼가 날아오르다 착지하기를 반복한다. 날갯짓 소리는 부드럽고 동시에 폭발적이다. 깃털이 일으키는 100번의 충격.

뭘 해야 할지 결정이 서기도 전인데, 나선형 기지 입구에서 무언가 움직인다. 살아 있는 자들 하나 둘 셋 넷 다섯이 길가로 나온다. 나는 뺨 속 돌을 혀로 어루만진다.

까마귀의 시선에서 우리를 상상한다. 위에서. 날면서. 지금 내 안의 까마귀는 그렇게 존재하고 있다. 우리는 주간 조조영화 속 휑한 도로에서 결투하려고 만난 인물들 같다. 이 방인과 마을 주민. 그림자가 길게 늘어진다. 스패니시 기타가 신경질적으로 현을 퉁기고 트럼펫 하나가 외롭게 울려 퍼진다.

그들은 나란히 걷는다. 전진한다. 점차 우리의 거리가 가까워진다.

앞질러 달려오는 개들이 있는데 어느 순간 개중 가장 용감한 개마저 우뚝 멈춘다. 목양견과의 개다. 개는 킁킁대며 짖는다. 나를 곁눈질로 본다. "착하지." 내가 이렇게 말해도 개는 받아주기는커녕 시종일관 나를 주시하며 더 요란히 짖는다. "알았어" 하고 말하며 내가 걷는 속도를 늦추지 않으니 그제야 개는 몸을 돌려 나를 뒤로하고 자기 사람들에게로 돌아간다.

그들이 가까워지는데 여전히 나이나 성별을 분간하기가 쉽지 않다. 수척하고 지저분한 행색의 그들은 그저 크거나 작고 수염이 났거나 나지 않았다는 차이가 있을 뿐이다. 잔뜩 긴장해 움츠러든 게 보인다. 태세를 갖추고 있다. 그들에게 내가 모르는 꿍꿍이가 있다는 것을 알 수 있다.

어떠한 신호나 질서가 있다고 해도 내가 그걸 놓치고 있다. 그들이 냅다 달리기 시작해 나를 향하는 동시에 나와 멀어진다. 두 명이 양쪽 갓길로 빠지며 뭔가를 펼치는데 나는 순간 그것을 현수막으로 인식한다. 그들은 스파게티 웨스

턴* 영화 속 엑스트라인 척 굴지만 알고 보면 분명한 메시지를 압도적으로 밀어붙여 눈앞의 실존적 위협에 맞서려 하는 오합지졸 게릴라 활동가들이다. **좀비 아포칼립스를 지금 당장 종식하자.**

당연하게도 그들이 펼친 건 길게 만든 그물이다. 온갖 그물을 갖다 썼다. 배구 그물, 테니스 그물, 낚시 그물을 빨랫줄과 건초 묶는 노끈으로 기워 만든 그물. 그들이 나를 둘러싸고 점점 포위망을 좁힌다. 움직임이 어찌나 질서정연하고 능숙한지 시범 부대 같다. 나는 그들의 시범에 동원된 참가자 같고.

플래시 몹, 시위, 가는 궐련을 입에 문 클린트 이스트우드. 이 모든 것이 그물 자락이 내 발목을 단단히 죄며 나를 발밑에서부터 낚아채는 순간 뒤섞인다. 바닥에 나동그라지는 내 입에서 신음이 터진다. 그들은 빠르고 효율적으로 움직인다. 겨울이 되어 배드민턴 세트를 치우듯 그들은 내가 팔다리를 움직일 수 없게 나를 그물로 칭칭 감는다. 나는 배드민턴을 참 좋아했는데.

그들은 아무 말이 없다가 나를 들어 올릴 때 "하나, 둘, 셋" 하고 구호를 넣는다. 나는 걸어가는 그들 사이에 대롱대롱 매달려 있다. 얼굴은 바닥을 향해 있다. 내가 살아 있었다

---

* 1960~1970년대에 유럽에서 제작된 미국 서부극 장르.

면 불편했을 자세다. 그런데 지금은 어쩐지 즐겁다. 내가 이렇게 옮겨진 적이 마지막으로 언제였더라? 일곱 살 때였나? 여덟 살 때? 내 눈에 보이는 건 회색 포장도로와 이따금 시야에 들어왔다가 쏜살같이 사라지는 개 정도다.

나선형 기지에 들어서고, 우리는 포장도로를 벗어나 샛길을 둘러 간다. 계속 이동하는 듯하다. 여기는 외부에서 보는 것보다 훨씬 더 넓은 모양이다. 아니면 우리가 계속 원점으로 되돌아와 빙빙 돌고 있거나. 길은 비좁았고 인간이 남긴 인공물들이 양쪽에 제방처럼 높이 쌓여 가로막고 있었다―휠 캡, 크리스마스 나무 받침대, 연장 부품들, 기계 부품들, 정원에서 쓰는 오래된 초록 호스, 자동차 배터리가 언뜻 보인다.

흙이 다져지고 기름져 보이는 공터가 나온다. 기다리고 있는 군중의 소리를 들을 수 있다. 낮고 긴장한 목소리들의 웅성거림은 마르그리트의 분신이 있던 날 옥상에 모인 호텔 손님들의 이가 달달 떨리는 소리를 떠올리게 한다.

이 사람들이 나를 불태우면 나도 야구팀이 있는 농장으로 돌아가게 될까? 이 사람들이 나를 잘게 토막 내서 여러 구멍에 나눠 묻으면, 그래도 돌아갈까? 여전히 내가 너를 생각할까? 내 상실은 더해질까 아니면 쪼개질까? 나는 내 팔과 2번 재니스의 새끼손가락과 미첨의 남근과 마르그리트의 젖가슴과 우리 아기를 생각한다. 우리의 일부는 얼마나 작아지거나 달라지거나 멀어져야 비로소 우리의 일부가 아니게 되는 걸까? 일부가 아니기는 할까? 이미 화장시킨 내 팔이 여전히 나에게 신호를 보내고 있을까?

사람들이 나를 땅에 내려놓자 군중이 구경하려고 몰린다. 몸을 내밀어 기웃거린다. 잔뜩 매료된 얼굴로. 나 때문이 아니라 자신들의 두려움 때문인 것 같다. 그들은 그 감정을 저울질하고 펼쳐 내고 시험한다.

골프 코스에서 소녀를 죽인 후로 이렇게 살아 있는 자들과 가까이 있는 적은 처음이다. 나는 굶주림을 기다린다. 어쩌면 내 몸속 어딘가에 단 한 번의 날카로운 통증이 잠들어 있지 않을까. 우리가 집 안으로 가지고 온 장작에 활력을 잃은 겨울철 말벌이 이따금 우연히 섞여 있는 것처럼. 말벌은 집의 온기에 정신을 차리고서는 느리게 날아다니다가 빛이 보이면 비틀대며 무작정 달려들었다. 우리는 절대 말벌을 바로 죽이지 않았다. 일단 내가 유리병에 가뒀다. 행여 다리 하나라도 낄까 봐 조마조마해하면서. 네가 문을 열면, 내가 도무지 살아남지 못할 추위 속으로 말벌을 내보냈다. 그게 뭐 그리 고결한 일이었을까?

내 안에서 굶주림은 발견되지 않는다. 굶주림은 오히려 군중에게 있다. 그들의 굶주림과 나의 것은 뭐가 다를까? 굶주림은, 분노는, 한 존재 형태의 부속물인가? 슬픔은 항

복인가?

　나는 가슴 속 공간을 느낀다. 뺨 속 돌을 느낀다. 나는 지금 내가 겨울철 말벌이라는 사실을 깨닫는다.

　군중이 누군가에게 길을 터준다. 키가 작고 체격이 있는 여자다. 칼하트 방한 작업복을 입었는데 소맷동과 바지 밑동을 몸에 딱 맞게 잘랐고, 허벅지 부분은 까맣고 번드르르한 기름얼룩이 졌고, 무릎 부분은 여러 번 기워 덧댔다. 앞머리는 헤어라인 높이까지 짧게 잘랐고, 긴 뒷머리는 굵게 땋았다. 칼하트 작업복처럼 머리도 땅콩호박 색깔이다. 피부색도 그렇다. 햇볕에 그을려 가죽처럼 거칠어진 피부는 살짝 황달에 걸린 것처럼 누렇다. 여자가 내 위로 몸을 굽히자 땋은 머리가 내 얼굴 바로 앞에서 달랑거린다. 조심성 없기는. 내가 그들이 상상하는 모습 그대로였다면, 나는 곱슬한 머리끄덩이에 덤벼들어 그녀를 넘어뜨리고 조롱박 같은 코를 물어뜯었을 거다.

　여자는 나를 가까이에서 살핀다. 다른 사람들과 달리 두려워하지 않으며, 혹은 그들과 똑같이 두려워하되 용케 권위 있는 지도자의 분위기를 풍기며. 여자의 시선이 내 위를 미끄러져 움직인다. 자세히 뜯어본다기보다 대충 훑어본다. 나를 평가하고 있다.

　"일으켜." 칼하트를 입은 여자가 말한다. 게릴라 시범 부대 주민들이 앞으로 나와 나를 그물에서 벗겨 낸다. 방향이 잘못된 것을 깨닫고 자꾸만 나를 뒤집는다. 나를 뒤집고, 엉킨 그물실을 잡아당기며 끙끙댄다. 이거 참 곤란한 일이다. 내가 미안할 지경이다. 나는 그들이 수월하게 작업할 수 있게 목석처럼 가만히 있는다. 카디건 단추 하나가 그물에 걸려 튕겨 나간다. 내 발밑으로 단추가 날아가는 게 보인다. 그걸 보니 조금 슬퍼진다.

내 몸에서 그물이 다 걷혔을 때 군중은 잠잠해지고 서로 밀착한다. 내가 달아나야 하나? 이제 없는 분노라도 느끼는 척할까? 나는 스테이션왜건에 실려 가정집으로 향할 준비를 마친 크리스마스트리처럼 제압당해 묶여 있다. 그들이 나를 일으켜 세운다. 그대로 나를 잡고 있다. 나는 싸우고픈 마음이 있지도 않은데, 나를 움직이지 못하게 붙들어 두고 싸울 준비를 한다.

나는 군중의 규모를 한 번도 정확히 가늠해 본 적이 없지만 지금은 확실히 100명은 넘게 모였다고 장담할 수 있다. 공터 둘레를 따라 높은 십자가들이 대중 잡을 수 없는 간격으로 비스듬하게 심겨 있다. 가장 높은 십자가는 6미터가 좀 넘을 듯싶다. 비어 있는 몇몇 십자가를 제외하고는 모두 참수당한 몸들이 매달려 있다. 목에서 잘린 머리는 양파나 귤 따위를 담았을 그물망 자루에 담겨 있다. 어떤 몸들은 바짝 경계하고 있다. 밧줄 끝에서 버둥대고 씰룩인다. 여러 방향을 향해 있는 자루 속 눈들은 쉴 새 없이 움직이고, 이는 달달 떨고, 입은 자기 혀를 질겅인다. 하지만 어떤 몸들과 머리들은 생기가 없어 보인다. 그러니까, 죽은 것 같다. 이 몸들은 저마다 여러 단계의 부패를 지나고 있다.

이곳 나선형 기지에서는 모두를 이렇게 처벌하는 걸까? 살아 있는 자나 죽지 않은 자의 머리를 잘라서? 아니면 이 죽은 자들도 한때는 죽지 않은 자들이었을까? 나는 어쩐지 흥분이 된다. 두려움일까? 희망일까? 더 연장할 삶이 없고 더 채울 굶주림이 없다면, 내 안에 무엇이 계속되기를 바라겠어? 내 안에 무엇이 죽기를 바라겠어?

드디어 눈이 내리기 시작한다. 작은 눈송이들은 아주 느리고 성기게 떨어져서 그중 한 송이를 골라 지면에 떨어지는 모습을 관찰할 수도 있다.

칼하트를 입은 여자가 앞으로 나온다. 그녀는 나와 나를 감시하는 자들을 빙 둘러 걷는다. 군중은 잠잠히 기다린다. 여자가 내 앞에 멈춰 선다. 원형 테이블 정중앙에 자주 쓰는 양념통을 두듯이 그녀의 이목구비는 큰 얼굴 한가운데 몰려 있다. 두 눈은 누런 얼굴과 대조를 이뤄 새파랗고 선명하다. 맑고 속을 읽을 수 없는 눈. 우리는 서로를 바라본다. 우리는 기묘한 경계의 공간에서 만난다. 내가 말한다. "이 중에 진짜는 없어." 그녀 눈의 초점이 전과 달라진다. 알아보았구

나. 나의 내면이라고 할 수 없는 어딘가에서 떨림이 느껴진다. 내 피부 바깥의 피부에 소름이 돋는다. 그녀가 머릿속으로 생각을 굴리며 입술을 씰룩인다. 생각해서는 안 되고 말해서는 안 되는 생각. "그런데 있지." 내가 말한다. "어떤 건 진짜야." 그녀가 뒤로 물러난다. 단호하게 옆으로 손을 뻗어 손바닥을 위로 치켜든다. 판결. 누군가 앞으로 나와 그녀의 손바닥 위에 미체데 길을 올린다.

"꿇어라." 그녀가 내게 말한다. 칼날로 바닥을 가리킨다. 나를 감시하는 자들이 내 어깨를 붙든다. 나는 무릎을 꿇으며 고꾸라지지만, 그들이 밧줄로 내 몸을 잡아 다시 똑바로 일으킨다. 칼하트를 입은 여자가 내 셔츠 칼라가 접히는 부분 바로 위에 칼을 들이민다. 칼끝이 내 목을 찌른다. 그녀는 실눈을 뜨며 어디를 벨지 머릿속으로 계산한다. 그리고 떡하니 서서 시원하게 칼을 휘두른다. 칼날은 예리하고 칼질은 마무리까지 깔끔하다. 내 머리는 잠깐 주저하다가 옆으로 떨어져 바닥에 나뒹군다.

쿵 하는 소리와 함께 착지. 그 소리를 어디로 경험했는지는 잘 모르겠다. 머리로인지 아니면 몸으로인지. 그 소리는 나에게서 나온 동시에 내 근처에서 나온 것도 같다. 사방이 어두운가 싶더니 눈을 떠야겠다는 생각이 든다. 칼로 베어질 때 나도 모르게 눈을 감았던 모양이다. 새하얀 하늘에서 눈송이가 나를 향해 천천히 돌진한다.

나는 무언가 말하려고 입을 열지만 할 말을 생각할 수 없다. 내가 내는 소리는 볼펜 잉크가 나오게 하려고 네가 마구 긋는 구불구불한 선을 닮았다. 재잘대는, 조금은 억센 그런 소리.

나는 저기 무릎 꿇고 있는 내 몸을 올려다본다. 머리도 없고 팔도 하나만 달린, 밧줄에 묶인 몸. 거울 속 나를 보거나 사진 속 나를 보는 것과 다르다. 내 모습은 익숙하지만 동시에 낯설고 매혹적이다. 몇 년째 알고 지내다가 돌연 사랑에 빠지게 되는 그런 친구. 맨 처음 드는 충동은 내 뺨을 만지고 싶다는 거다. 내 피부에 눈송이가 날카롭고 부드럽게 내려앉는다.

내 몸을 내려다보고 있는 칼하트를 입은 여자를 올려다본다. 내리고 내리고 내리는 눈 때문에 그녀가 공중으로 떠오르는 것처럼 보인다. 내가 말한다. "나는 둘 다야."

나는 발목을 묶어서 거꾸로 매달아야 한다는 결정이 내려진다. 팔 하나가 없어 가슴팍에 밧줄을 고정하기 힘들기 때문이다. 어느 순간엔가 내 머리는 자루에 담겼다. 자세한 순서는 잘 기억나지 않는다. 제 위치를 벗어난 감각, 동시에 두 장소에 존재하는 것의 낯섦, 거꾸로 매달린 동시에 올곧게 있는 것의 생경함, 아랑곳하지 않고 떨어지는 무정한 눈송이, 내 몸의 무게를 내어주는 것, 이 모든 것이 너무 급히 일어났을 때의 아찔함을—수영하고 나서 가라앉지 않는 현기증을 일으킨다. 눈송이는 계속해서 떨어진다. 나는 십자가로 끌어 올려지고 내 머리는 발치에 걸린다. 칼하트를 입은 여자의 몇 마디 발언이 있고, 군중은 파한다. 어둠이 찾아온다. 마침내 기지 일대에 아무 소리도 들리지 않는다. 잠. 꿈. ㅣ는 빗줄에 메달린 새 세속 비악하게 버눙댄다. 내 머리는 자꾸 가볍게 툭툭 부딪힌다. 내 무릎에. 눈은 점점 세차게 내리고. 각각의 눈송이는 말없이 땅에 닿을 때마다 시간을 센다. *째깍. 째깍. 째깍. 째깍.* 광대하고 영원한 점 한 송이.

아침에 온 세상은 하얗고 고요하다. 이제 눈은 멎었다. 현기증도 그쳤다. 내 머리는 자루에 똑바로 담겨 있고 내 몸과 반대 방향을 향해 있다. 다행인 것 같다. 나는 볼 수 있는 데까지 사방을 둘러본다. 눈알을 굴리며 시야가 어디까지 닿는지 확인한다. 눈을 번갈아 감으며 왼쪽 오른쪽 왼쪽 오른쪽을 살짝 건드리는 느낌도 확인해 본다.

나는 거의 평화롭다고 느낀다.

눈에 뒤덮여 더러운 것이 가려지고 잠시나마 매끈해지고 나니 나선형 기지의 질서와 형태가 확실히 드러난다. 숙소와 길이 중앙 공터에서 방사형으로 퍼지며 동심원 고리를 이루고 있다. 중세 도시 국가를 축소해 놓은 이곳은 티 없이 하얀 벌판에 둘러싸였고, 벌판은 나뭇잎 없이 섬세한 가지를 드러낸 저지대의 오리나무와 단풍나무에 둘러싸였고, 나무들은 언덕의 톱니꼴 능선으로 올라가는 좀 더 짙고 눈 덮인 전나무와 소나무와 삼나무 숲으로 둘러싸였고, 언덕 능선은 들쑥날쑥한 나무 꼭대기에 걸릴 만큼 낮게 깔린 구름에 둘러싸였다.

나는 어느 방향을 향해 있는 걸까. 저 언덕 너머에 바다가, 모래 언덕이, 너에 관한 기억이 있을까.

여기 영원히 머무르는 것도 그리 나쁘지 않을 것이다. 혹은, 어쩌면 내가 죽을 때까지만, 영원히 머무르는 것도 괜찮다.

—

나는 세상을 똑바로 보면서 거꾸로 매달려 있는 느낌에 차츰 익숙해진다. 지금은 이게 자연스럽다. 눈이 왔다가 그쳤다가 한 지는 일주일 아니면 몇 달은 됐을 것이다. 구름이 단 한 번도 맑게 개지 않아 태양이나 달을 볼 일은 없다. 하늘은 자욱하고 잠잠하다. 환하지도 어둡지도 않다. 동쪽도 서쪽도 없다.

십자가에 매달린 우리는 서로 어울리지 않는다. 서로 다른 방향을 보고 한사코 서로를 피해 고개를 돌린다. 우리는 열두 명이다. 시곗바늘이 없는 시계의 시각들. 의미는 없다. 누구도 말하지 않는다. 대화하기에 가까운 거리가 아니어서 그럴 수도 있고, 아니면 그냥 할 말이 없어서 그렇다. 나는 흰 돌을 한쪽 뺨에서 다른 쪽 뺨으로 굴린다. 그게 꼭 중요한 비밀처럼 느껴진다. 케이크 속에 숨겨 구운 칼날.

날마다 살아 있는 자들은 지저분한 흔적을 남기고 날마다 그걸 덮는다. 요리하느라 불을 피워 생긴 연기가 기지 위 허공에 애매하게 떠 있다. 누구도 거들떠보지 않지만 우리는 계속 버둥댄다.

눈송이는 공중에 묵직하게 떠다니는 깃털처럼 부드럽고 느리다. 또는 작고 날카로워서 제 갈 길을 간다. 공터를 오가는 사람들도 마찬가지다. 가끔은 짝지어 다니고 가끔은 혼자다. 추위에 옷을 싸매고 용건을 보러 걸음을 재촉하거나, 아니면 별다른 목적 없이 떠도는 듯 보인다. 가끔은 우리를 올려다볼 때가 있다. 그들이 너무 오래 머문다 싶으면 나와 같은 죽지 않은 자들이 동요한다. 밧줄에 묶인 채 끙끙대며 꿈틀대면 옷자락과 십자가 가로대에서 약간의 눈이 떨어진다. 그들의 손이 허우적대며 눈송이를 움켜잡는다.

아이들—이곳엔 아이들도 있다—은 우리에게 눈 뭉치를

던진다. 그러나 결국에는 꼭 자기들끼리 눈싸움을 한다. 하루는 아이들이 공터 중앙에 눈사람을 만들고 머리를 뎅강 자른다. 자른 머리로 새 눈사람을 만드는데 그래놓고 또 머리를 자른다. 이렇게 계속 눈사람 참수를 하다가 시시해지니 자리를 뜬다. 머리 없는 눈사람들이 공터에 옹기종기 서 있다. 눈사람들 사이, 짓밟힌 눈밭에는 새 눈사람이 되지 못한 마지막 머리가 나뒹군다.

어떤 날 밤에는 바람이 들이닥친다. 갑작스럽고 세차고 따스하다. 나는 십자가에 매달린 채 흔들린다. 자루에 담긴 머리는 여기저기 부딪히며 구른다. 얼마나 오래 지났을까, 바람은 시작되었을 때만큼이나 갑작스럽게 그친다. 깊고 달콤한 침묵, 그리고 비가 내리기 시작한다.

이후 며칠에 걸쳐 눈은 빠르게 녹아내린다. 사람들이 많이 오가는 곳엔 빙판길이 고집스럽게 남고, 변두리 진창에는 섬처럼 남은 눈 더미가 쪼그라든다. 머리 없는 눈사람들은 원뿔 모양 기둥들이 되었는데, 개들이 지나다니다가 다리를 들고 오줌을 갈겨대서 누렇게 변색했다. 그러다 이내 형체를 알아볼 수 없는 둔덕이 되고 나중에는 아예 사라진다. 공터가 하나의 진흙 웅덩이로 변해서 길을 건널 수 있게 여기저기 판자가 놓였다.

계절을 흘려보내고 있는 어느 날 저녁, 숲에서 보았던 늙은 여자가 공터 경계에서 모습을 드러낸다. 그때처럼 짙은 색 더스터 차림에 버섯 머리 모자를 쓰고 있다. 어스름한 황혼 속 여자의 그림자가 어스름하다. 여자는 지팡이를 짚고 있고 가슴 앞으로 가방을 둘러맸다. 문시방이라도 된다는 듯 그 자리에 서 있다. 여자는 내가 있는 곳에서 시계 방향으로 세 번째, 9시 방향쯤 되는 곳의 십자가를 올려다본다. 여자가 걸음을 떼려는 순간 다른 길목에서 누군가 공터로 들어온다. 여자는 발각되지 않게 황급히 몸을 돌려 사라진다.

이틀 후 이른 아침에 여자가 다시 나타난다. 주변은 내가 여자를 알아볼 수 있을 만큼만 환하다. 여자는 다리를 절뚝이며 재빨리 공터를 가로질러 판잣길에서 내려와 9시 방향 십자가 앞에 선다. 그리고 거기 매달려 있는 젊은 여자를 제단 위 예수상인 양 우러러본다. 양파 자루에 담긴 9시 방향 여자의 머리칼은 어둡고 축축하게 엉겨 붙어 있다. 꽃무늬 블라우스는 올이 다 드러나 있고 산전수전 겪은 깃발처럼 찢겨 있어서 하늘색 레이스 브라까지 훤히 보인다. 입고 있는 스키니진은 허리선이 아래에 있어서 그 위로 뱃살이 튀어나와 있다. 늙은 여자가 뭐라 말한다. 아마 이름이려나. 그러자 9시 방향 여자가 잠에서 화들짝 깨어난 사람처럼 씰룩인다. 늙은 여자는 헛간의 아이에게 그랬듯 두런두런 말을 건넨다. 코마 환자에게 하루 있었던 일들을 들려주는 것처럼. 여자의 목소리는 줄곧 낮아서 내 귀에 잘 들리지 않는다. 나는 단어 하나 놓치지 않으려고 기를 쓰는 동시에 아무것도 들리지 않는 척하느라 여간 곤란한 게 아니다. 엿듣는 것은 무례하고 심지어 부정한 일 같은데. 오배송된 편지를 멋대로 열어보고는 편지 속 '너'가 진짜 너인 척 생각하는 것처럼.

너. 너는 누구든지 될 수 있다.

9시 방향 여자는 점점 더 불안해한다. 이를 딱딱 부딪치며 밧줄을 풀려고 안간힘을 쓴다. 그러자 주변도 깨어나 동요하기 시작한다. 12시 방향, 2시 방향. 숲에서 보았던 늙은 여자는 초조하게 공터를 살핀다. 우리를 걱정해서가 아니라, 행여 우리가 누군가의 관심을 불러일으킬까 봐 불안한 눈치다. "이런. 가야겠네." 그녀가 이렇게 말하는 소리가 들린다. 여자는 자기 손끝에 입을 맞추고 9시 방향 십자가를 향해 보낸다. "사랑한다." 여자가 말한다. 9시 방향 여자는 밧줄에 매달린 채 버둥대고 씰룩이고, 이를 딱딱 부딪치고 으르렁댄다. 그러자 5시 방향이 자극받아 요란하게 앓는 소리를 낸다. 떠나는 길에 그를 올려다보던 늙은 여자가 자신을 내려다보던 나를 발견한다. 나를 알아본다. 여자는 비틀거리다가 그만 지팡이를 놓치고, 하나 남은 손으로 땅을 짚으며 자빠진다. 나는 내가 그녀를 붙잡을 수 있기라도 한 것처럼 몸을 내민다. 여자는 판잣길 경계에 세게 부딪혀 끙 소리를 낸다. 모자가 벗겨진다. 여자는 움직이지 않는다. 그 냥 커다란 더플백 같다. 더스터에서 빗방울이 굴러떨어진 다. 그때 기지 어딘가에서 인기척이 들린다. 누군가 여기 소 리를 들은 거다. 그들이 곧 올 것이다. "사람들이 와요." 내가 말한다. 물고 있는 돌을 삼키거나 떨어뜨릴까 봐 두렵다. "일 어나요." 내가 말한다. 여자가 옆으로 몸을 돌려 나를 올려다 본다.

"당신 살아 있나요?" 여자가 말한다.

"어서요." 내가 말한다.

여자는 힘겹게 무릎을 꿇고서 진창에 지팡이를 딛고 겨 우 몸을 일으켜 세운다. 온몸이 진흙 범벅이다. 아파서 등을 펴지도 못한다. 여자는 왔던 길로 떠나려 한다. "그쪽은 안 돼요." 내가 말한다.

여자는 방향을 틀어 공터의 다른 출입구로 급히 걸음을 옮긴다. 바닥에 여자가 떨어뜨린 모자가 그대로 있다. 내가 뭐라도 말하려 하지만 그럴 시간이 부족하다. 사람들이 공 터에 들어섰을 때 여자는 떠나고 없다.

비가 멎는다. 수영장 덮개를 걷듯 구름이 물러나자 내

내 거기 있었던 하늘이 제 모습을 드러낸다. 하늘은 화창하게 푸르고 무한히 깊다. 거기 떠 있는 달은 둥글고 해파리처럼 창백하다. 내 뒤에서 떠오르는 태양의 온기를 느낀다. 내 십자가가 공터에 그림자를 드리운다. 우리의 시계가 시간을 말하기 시작한다.

해시계. 나침반. 시간과 공간.

—

날마다 새들은 동이 트기 전부터 지저귄다. 날마다 태양은 언덕의 야트막한 능선을 따라 좀 더 북쪽으로 저문다. 하늘은 주황색이 되었다가 분홍색이 되었다가 보라색으로 물든다. 별들, 행성들, 별자리들의 이름은 내가 까먹지 않은 것들이다. 애초에 알았던 적이 없으니까. 밤은 점점 짧아진다. 아침이 되면 벌판에, 방수포 위에, 이끼로 덮인 막집 지붕에, 내 위에 서리가 얼어 있다.

나는 바다를 듣는 상상을 자주 한다. 듣는 상상은 듣는 행위와 같을까? 예전에 그런 연구를 읽었던 기억이 난다. 피실험자들에게 불을 피운 난롯가에 앉아 있는 상상을 해보라고 지시하니 정말로 그들의 체온이 올라갔다고 한다. 그것을 상상하고, 이것을 상상한다.

이제 진흙은 단단하게 굳었고, 판잣길은 철거됐다. 나는 늙은 여자가 돌아오기를 기다리지만 그 생각을 관둘 때까지도 여자는 나타나지 않는다. 그러다 어느 날 밤에 내가 개구리 소리를 듣고 있는데, 공터 경계에서 여자가 절뚝이며 나타난다. 여자는 내 십자가 앞에 멈춰 서서 나를 올려다본다. 그녀의 모습이 달빛을 받아 푸르스름하다.

"저기요." 여자가 말한다.

어떻게 반응해야 하지. 나는 뺨 속 돌을 고이 간직하고서 대답한다. "여기요."

"당신 살아 있나요? 여자가 말한다. 여자는 정해진 절차대로 외계 존재와 접촉하는 우주 탐험가처럼 단어 하나하나를 신중히 발음한다.

"아뇨." 내가 말한다.

"그러면 뭐죠?" 여자가 대본대로 묻는다. 그녀의 목소리는 자지러지게 우는 청개구리와 걸걸한 황소개구리의 은하계 잡음을 뚫고 겨우 들려온다.

"나는 바다에 가려고 해요." 내가 말한다. 왜인지 나도 그녀처럼 이상하게 말하고 있다. 그 이상함이 그동안 내가 잊고 있었던 절박함을 내 말에 부여한다.

여자가 멈칫하다 묻는다. "왜 당신은 남들과 달라요?"

참 중요한 질문이군. 나는 왜. 내가 달라?

"그쪽은요?" 내가 말한다.

여자는 곧장 무너져 내릴 듯 보인다. 항복. 내 생각에 그
녀는 울고 있는 것 같다. 그녀가 9시 방향 십자가에 매달려
있는 여자를 바라본다. 그리고 다시 나를 본다. 마침내, 전과
다르게, 외계 존재를 처음 접촉했을 때 수행해야 하는 프로
토콜을 내버리고, 그녀가 말한다. "바다에 뭐가 있는데요?"

바다에 뭐가 있지. 바다에 뭐가 있지.

"그냥 그곳이 내가 가는 곳이어야 해요." 내가 말한다.

여자는 오랫동안 말이 없다. 그러다 나보다는 스스로에
게 말을 건넨다. "어쩌면 똑똑한 건 당신이고 나는 내 생각
보다 더 멍청한가 봐요." 여자는 어깨를 으쓱하고 고개를 끄
덕인다. 그러더니 창턱에서 떨어지려는 사람을 구하려고 할
때 그를 놀라게 하지 않으려는 목소리로 그녀가 말한다. "내
가 거기서 내려줄게요."

여자가 내 십자가 밑동으로 다가온다. 뭘 하는지 볼 수는
없지만, 밧줄이 움직이는 게 느껴지고, 돌연 나는 계속 나아
가고 더 잃을 준비가 되어 있지 않다. 시계의 다른 자리들을
둘러본다. 달빛이 비치는 기지와 벌판을, 저 멀리 언덕 능선
에서부터 시작되는 반구의 하늘을, 별들을 본다. "머릿속으

로 사진을 찍어봐." 엄마는 이렇게 말하곤 했다. 이제 나는 아래로 내려진다. 내 아래서 지면이 살아 숨 쉬는 무언가의 굽은 등처럼 쑥 올라오는 듯하다. 미끄러지고 머리가 굴러 떨어질 듯한 느낌이 든다. 늙은 여자가 나를 결박한 매듭을 만지작거리며 밧줄을 풀어내고 있다는 것을 어렴풋이 알 수 있다. 마침내 내 발목에서 밧줄을 다 풀어낸 여자가 말한다. "일어날 수 있겠어요?" 모르겠다. 내 발은 나를 공중에 띄워 거꾸로 매달고 날아갈 대형 헬륨 풍선이다. 여자가 내 머리 가 들어 있는 자루를 들어 자기 가방과 함께 가슴팍에 둘러 멘다. 나는 권총과 지혈 고무줄과 나무 숟가락을 떠올린다. 그녀에게서는 깨끗한 연기 냄새가 난다. 그녀의 손이 내 손 목을 감싸는 게 느껴진다. 나는 그 손을 잡는다. 그녀가 나를 일으켜 세운다. 세상이 빙빙 돌고 나는 한쪽으로 휘청한다. 그녀가 내 팔을 붙든다. 나는 우리가 팔짱을 낀 채로 벌판 위 로 떠오르는 상상을 한다. "서둘러야 해요." 이제 바로 옆에 서 들리는 그녀의 목소리는 든든하고 단호하다. 내가 보이 는 것도 없이 비틀대느라 하마터면 둘 다 넘어질 뻔한다. 그 녀가 팔로 내 허리를 단단히 감싸고 나를 밀며 부축한다.

"9시 방향은요?" 내가 말하지만, 내 목소리는 그녀의 더 스터 자락 소리에 묻힌다. 그녀는 아무 반응이 없다. "9시 방 향, 9시 방향요." 혹시 내 말을 못 들었나, 이해하지 못한 건 가, 싶어서 말한다. 까마귀가 이런 심정이었을까. 까마귀의 깃털 달린 몸을 떠올리자 왈칵 울음이 난다. 어떻게 이런 일이 가능한지, 혹시 내가 꾸며낸 상상은 아닌지 굳이 생각하지 않으려고 한다. 설령 진짜 일어나는 일이 아니더라도 멈추고 싶지 않으니까. 어쩌면 나는 그녀와 너무 가까이 있어서 우는지도 모른다. 그녀가 나를 구해줘서. 나를 봐줘서.

비틀대며 기지를 통과하는 내내 나는 울고 있다. 도로로 나와서도, 낡은 울타리를 따라 벌판을 가로지르며, 우리가 지나가면 천천히 입을 다무는 청개구리들 사이로 침묵의 길을 내는 동안에도, 계속 울고 있다. 그녀 엉덩이의 굴곡과 팔이 없어 펄럭이는 소맷자락에 익숙해지는 동안에도 울고 있다. 나는 넘어지지 않으려고 걸을 때마다 발을 높이 들고 늙은 여자에게 의지해 균형을 잡는다. 그녀도 나에게 몸을 기대는데 아무래도 공터에 지팡이를 놓고 온 모양이다. 숲 끝자락에 다다랐을 때도 나는 계속 울고 있고, 오리나무와 단풍나무 언덕을 올라 좀 더 짙고 높은 상록수들의 고요함으로 들어가는 동안에도 울고 있다.

처음에 내가 머릿속으로 느끼는 울음은 쌓여서 터지는 감정이다. 일종의 깨달음 같은 것. 그러다 배를 찢어발기는 것 같아진다. 구태여 주의를 기울이지 않아도 울 수 있다.

옛 벌목 도로를 따라 다시 언덕을 내려가기 시작할 때도, 강가와 철도에 다다랐을 때도, 나는 울고 있다. 강물 소리를 듣고도, 겨울철 유거수 때문에 불어난 강물을 보고도 울고 있다. 발밑에 규칙적으로 놓인 침목과 자갈의 간격을 익힐 때도 울고 있다. 이제 우리는 더 이상 서두르지 않는다. 나는 딱히 부축받지 않아도 괜찮지만 늙은 여자는 계속 내 팔을 붙든다. 이제는 나보다 그녀 자신을 위해서인 듯하다. 우리 사이는 요양 중인 환자와 간호사 같다. 누가 어떤 역할인지는 잘 모르겠지만.

밤이 끝나가고 높이 달린 나뭇가지에서 새들이 지저귀기 시작할 때도 나는 울고 있다. 지금 우리는 여자가 아이를 둔 판잣집으로 가는 건가, 나를 거기에 그 애와 가두려는 건가, 여자는 그 애가 나를 맛있게 먹으리라 생각하는 걸까 의심하는 동안에도, 나는 내내 울고 있다. 아니면 혹시 내가 그 애의 친구가 되리라 생각하는 걸까.

나는 울음에 관해 생각하는 동안에도 울고 있다. 벌 떼가 사라지고 남은 게 바로 이것이 아닌가 싶다. 바로 이것이 공허함이다. 이것은 빈집의 공허함이라기보다 교회의 공허함에 더 가깝다. 넓고 높은 공간에 오직 나에게만 속한 것은 아무것도 없다. 이것을 생각하니 아직 찾아오지 않은 슬픔에 대한 두려움이 가슴을 찌르고, 나는 그제야 울음을 멈춘다.

우리는 철도를 벗어난다. 강물 소리는 들리지 않지만 판잣집에 다다랐을 것이다. 계속 걸어가는데 뒤편의 나무들에

해가 비스듬히 비치는 것을 보고 그제야 나는 우리가 동쪽이 아니라 서쪽으로 왔다는 것을 깨닫는다. 우리는 드디어 걸음을 멈춘다. "여기 앉아요." 늙은 여자가 말하며 이끼와 양치식물로 뒤덮인 쓰러진 나무로 나를 이끈다. 나무는 부드럽고 시원하다. 여자는 자기 가슴팍에 묶어놓았던 내 머리 자루를 풀어 나와 마주 볼 수 있게 근처 나무 밑동에 내려놓는다. 그리고 앓는 소리를 내며 내 옆에 앉아 자기 무릎을 주무른다. 나는 나란히 앉아 있는 우리 둘을 본다. 대부분은 나를 본다. 나를 제삼자의 관점에서 보고 있으니 영 불안하다.

나는 우리가 깔고 앉은 나무에 덮인 이끼를 무심결에 어루만진다. 폭신하면서 빳빳하고 축축한 이끼의 감촉을 손가락으로 느끼며, 바닥에 놓인 시선으로 이끼의 색깔이 내가 입은 카디건과 똑같다는 사실을 알아차린다. 겨우내 야외에 거꾸로 매달려 있었지만, 네가 생각하는 것만큼 내 몰골이 그리 형편없지는 않다. 그렇게 쪼그라든 데도 없고. 하지만 이동하며 흰 운동화가 흠뻑 젖어 진흙 범벅이 됐고 바지도 이슬에 무릎까지 젖어 있다. 카디건 울도 좀 더 짙어지고 무거워졌다.

늙은 여자가 가방에 손을 넣어 초록색 플라스틱병을 꺼낸다. 생긴 건 세븐업이나 마운틴듀 같다. 상표는 붙어 있지 않다. 그녀는 병을 무릎 사이에 끼우고 뚜껑을 비틀어 연다. 나는 나도 모르게 거품이 쉬익 나오기를 반쯤 기대한다. 여자는 머뭇거리며 나에게 병을 건넨다. "물 마실래요?" 그녀가 말한다. "괜찮아요." 내가 말한다. 나는 거절의 표시로 손을 든다. 어긋나 있는 몸짓에 둘 다 조금 놀란다. 그녀가 병에 든 것을 크게 한 모금 마신다. 몸을 움직이기 위해, 충동이 아닌 필요를 위해 뭔가를 마셔야 했던 시절을 기억하니 우습다.

"판잣집에 있는 아이는 그쪽 애인가요?" 내가 묻는다.

"손자예요." 여자가 말한다.

"나를 거기로 데려가는 줄 알았어요." 내가 말한다.

여자는 병뚜껑을 도로 닫아 병을 가방에 집어넣고 안을 뒤적여 트레일 믹스 따위를 넣는 작은 헝겊 주머니를 꺼낸다. 대체 가방에는 또 뭐가 있을까. 나는 권총을 떠올린다. 그녀가 나무 숟가락을 깨물던 모습을 떠올린다. 그녀에게 그 아이를 굳이 먹일 필요가 없다고 말해주고 싶다. 어쩌면 그래서는 안 되는 거라고. 하지만 애 키우는 것을 갖고 남이 왈가왈부할 수는 없다. 심지어 애도 없으면서.

"달라지지 않는다는 거 나도 알아요." 그녀가 말한다. "그 애에게 나를 내줘봤자 말이에요." 내가 생각을 소리 내어 말했던가? "내가 그 애를 응석받이로 키웠어요. 어쩔 수 없었어요. 그 애 엄마에게 잘못한 대가를 이렇게 치르나 봐요. 다르게 키운다는 게 너무 멀리 가버렸어요." 그녀가 나무들을 올려다본다. 새로 돋아나 여린 잎들이 창백한 하늘의 빛을 받고 있다.

"어쩌면 우리도 너무 멀리 가야 하는지 몰라요." 내가 말한다.

"너무 멀리." 그녀가 말한다. "너무 늦게. 우리는 너무 늦게 배우지요. 때늦은 배움이 우리의 방식이에요." 그녀가 자신의 팔 토막을 들어 빈 소매를 앞뒤로 흔든다. 나도 남아 있는 손을 끼운 헐거운 소맷동을 올려 그녀를 향해 흔든다. 그녀가 웃는다. 그리고 내가 웃는다. 둘 다 놀라서 또 함께 웃는다. 우리의 웃음은 멈출 수 없을까 봐 두려운 울음에 아주 많이 가깝지만, 똑같지는 않다. "오, 이런." 그녀가 말한다. "이런, 이런." 그녀는 트레일 믹스 주머니를 도로 싸서 가방에 집어넣으며 이 말을 반복한다. "이런, 이런, 오 이런, 이런, 이런."

여자가 몸을 일으켜 내 머리가 있는 곳으로 뻣뻣하게 절뚝이며 다가간다. "오오, 이런, 이런. 늙은 무릎이 말썽이야, 늙어빠진 무릎 같으니." 그녀가 내 머리를 주워 나무에 걸터앉은 나에게 가져다준다. "일어나요." 그녀가 말한다. 그러면서 자루의 끈을 내 가슴팍에 사선으로 둘러준다. 나는 수상 띠를 받는 미녀대회 수상자가 된 기분이다. 미스 우정상. 미스 아메리카. 나는 내 머리를 더듬어 가면서, 양파 그물망 자루에 담긴 내 머리가 대략 옆구리쯤에 똑바르게 놓여 몸의 방향과 시선이 일치하도록 이리저리 기울인다. 머리에 닿는 내 손길을 느낀다. 손가락으로 내 얼굴을 느낀다. 비록 끊겨 있지만, 두 감각을 떼어 구분할 수는 없다. 나는 끈이 목의 절단면에 닿는 위치를 매만지며, 셔츠 칼라를 끌어 올려 그 위로 접어 내린다.

나는 나무에서 일어난다. 몇 걸음 걸어본다. 새 신발을 신어보듯이. 돌아다니면서 감을 익힌다. 가려는 곳을 보고 움직이는데도 비틀거린다. 땅이 보이는 것보다 멀리 있다. 차라리 머리를 팔꿈치 안에 품고서 보고 싶은 방향을 향해 몸을 틀거나 앞뒤로 숙이는 편이 더 낫다는 것을 깨닫는다.

늙은 여자는 새 지팡이로 쓸 만한 것을 찾고 있다. 땅에 널린 나뭇가지들을 집어 길이를 대보다가 버리기를 반복한다. 나에게도 지팡이가 필요할 것 같다. 말뚝이 필요하다.

우리는 고요한 숲을 지나며 양치식물과 지난가을에 떨어져 썩어가는 낙엽 더미를 뒤진다. 내가 말이었던 시절 같다. 마침내 나는 쓸 만한 곧은 나뭇가지를 발견한다. 두께도 길이도 적당하고 여전히 튼튼하다.

늙은 여자는 나무에 걸터앉아 가방에서 꺼낸 칼로 자신이 고른 나뭇가지의 잔가지와 거친 껍질을 쳐 내고 적당한 높이에 편하게 잡을 수 있는 손잡이 부분을 매끄럽게 깎아 낸다. 내 지팡이도 똑같이 다듬어 주는데 위아래 끝을 뾰족하게 깎아서 한쪽에는 내 머리를 꽂고 다른 한쪽은 내가 손을 써야 할 때 바닥에 박아둘 수 있게 한다.

우리는 양파 자루에서 내 머리를 꺼내 각도를 잘 맞춰 땅에 거꾸로 괴어놓는다. 내가 머리를 단단히 잡고 셋을 세면, 늙은 여자가 망설임 없이 한 번 기합을 내뱉으며 말뚝을 머리에 내리꽂는다. 그 끝이 턱 밑의 연한 삼각형 부위를 제대로 관통해 단단한 진흙 같은 뇌까지 들어간다. 여자는 그 끝이 두개골에 닿을 때까지 돌로 말뚝을 두드린다.

나는 말뚝을 똑바로 세워 그것을 잡고 일어난다. 길이는 완벽하다. 내 머리는 딱 내 어깨높이에 온다. 말뚝을 이리저리 돌려도 본다. 이제 깨달은 건데 말뚝을 휘휘 돌리면 내 뒤까지 볼 수 있다. 뒤에 늙은 여자가 있다. 여자는 고개를 가로젓는다. "이런, 이런." 그녀가 말한다.

"이런, 이런." 내가 말한다.

이제 작별할 시간이다.

"언덕을 내려가요." 늙은 여자가 말한다. "그러면 도로가 나올 거예요. 그자들이 순찰하는 다리는 이미 무사히 지나왔어요. 이제 뭐가 나올지는 나도 몰라요."

나는 그녀에게 농장 이야기를 꺼낸다. 그곳에 있는 야구팀에 관해서도. 무엇도 장담하지는 않는다. 그곳에 그녀의 손주를 위한 해법이 있을지도 나는 알지 못한다. 정자나 구멍에 관해서는 말하지 않는다. 대신 가거든 마르그리트를 찾아보라고 말한다. 내가 이 여자를 보냈다고 마르그리트에게 말할 수 있다면 좋을 텐데. 내 안부를 전할 수 있다면. 처음으로 내 이름이 진심으로 그리워진다.

진짜 작별은 없다. 우리는 그저 서로에게서 돌아선다.

7부

그런가 하면 배회하는 외로움도 있다. 아무리 어르고 달래도
잠재울 수 없다. 그것은 제힘으로 살아 있기 때문이다.
메말라 퍼지는 그 외로움은, 자신의 발소리조차 아득히
먼 곳에서 들려오는 듯하게 만든다.

ㅡ토니 모리슨

땅의 굴곡을 따라 길은 올라갔다가 내려간다. 나는 그 길을 오르고 내린다. 말뚝 꼭대기에 꽂힌 내 머리도 위아래로 까딱인다. 약간의 급락, 하락, 상승, 그게 내 발걸음과 딱 맞아떨어지지는 않는다. 당김음 박자를 탄다. 머리가 늘 조금 앞서고 내 몸은 그 뒤에서 따라잡기 바쁘다.

나는 새로워진 몸의 구조를 익히는 중이다. 말뚝 위에서 균형을 잡는 내 머리, 머리 없이 균형을 잡는 내 몸, 내 몸에 먼저 무언가 일어나고 그다음에 머리로 찾아오는 것에 익숙해진다.

일치성 이야기를 꺼냈던 치료사 기억나? 자기 자신과 일치하는 것은 바람직하다고 했다. 나는 치료사 상담실의 무채색 소파에 앉아서, 만나지 않으며 끝없이 뻗어나가는 두 선이 된 나를 상상했다. 바위를 거뜬히 넘고 나무들의 윤곽을 따라 움직이면서도, 늘 서로와, 또 견고한 사물들의 표면과 등거리를 유지하는. 내 옆에서 나란히 달리고 있는 나.

그때도 의아했다. 일치하지 않는 게 더 낫지 않나? 아주 잠깐이라도 나를 대면할 수 있는 게 낫지 않아?

이제 그럴 가능성은 훨씬 더 커졌다.

속도와 기간과 관점의 변화.

나는 텅 빈 마을들을 계속 통과한다. 벌목으로 먹고사는 마을에는 마당마다 통나무들이 무더기로 쌓여 썩어간다. 굴을 재배하는 마을에는 굴 껍데기가 얼룩덜룩한 흰색 산을 만들어 놨다. 크랜베리 마을에는 늪지에 가시금작화와 오리나무가 자라나 있다.

나는 아무도 만나지 않는다. 살아 있는 자도 죽은 자도.

한참 지났을 때 갑자기 길이 끝난다. 계속되려면 계속될 수도 있을 텐데 그럴 땅이 없다. 포장도로가 가차 없이 사라지고, 차선을 구분하는 노란색 점선도 뚝 끊긴다. 그 자리에 생각도 끝맺음 없이 머문다.

….

해변 소나무도 없다. 모래 언덕 수풀도 없다. 모래 언덕
도 없다. 우리가 여기 있었다는 흔적도 없다. 우리가 있었던
이곳도 없다.

—

나는 바스러지는 세상의 가장자리에서 내려온다. 그때
그날처럼 따스한 겨울날이다. 공기는 맑고 차갑고, 태양은
환하고 뜨겁다. 썰물이 저 멀리까지 빠져나갔다. 파도가 이
는 선이 2킬로미터쯤 떨어져 있다. 모래는 고양이의 입천장
처럼 주름이 졌고, 저 멀리서 신기루처럼 가느다랗게 반짝
이며 부서지는 파도까지 말도 안 되는 높이로 치솟는다. 하
늘처럼 푸른 바닷물이 만들어 놓은 웅덩이와 강. 아니, 그보
다 더 푸르다.

나는 바닷가로 걸어간다. 바람에 마른 모래가 푸석거린
다. 내가 발을 디딜 때마다 모래는 밀려나 내 신발 속으로 들
어온다. 이 바닷가 아니면 지구 반대편 어느 바닷가에서 밀
려온 거대한 유목流木 그루들이 은빛으로 바래 여기저기 모
래에 반쯤 파묻혀 있다.

나는 모래에 말뚝을 박고 힘차게 뒤틀어 내 머리를 바다와 마주 보게 한다. 운동화를 벗어서 쓸모를 잃은 뿌리를 하늘로 뻗치고 있는 유목 아래 둔다. 양말은 벗어서 신발 양 켤레에 쑤셔 넣는다. 모래의 표면은 따뜻하지만 그 밑은 차갑다. 나는 나의 멋진 바지 밑단을 걷어 올린다. 초록색 카디건을 벗어 유목의 비틀린 은빛 뿌리에 건다.

나는 내 머리를 들려다가 마음을 바꾼다. 어쩌면 다른 게 바뀌었는지도 모른다. 나는 나 없이 바닷가를 가로지르기 시작한다.

텅 빈 날 텅 빈 소매를 펄럭이며 멀어지는 나를 바라본다.

나는 동시에 두 장소에 존재한다. 나는 내가 걸어가는 나를 바라보는 방향으로 걸어가고 있다.

내가 점점 더 작아진다.

나는 점점 더 광활함을 느낀다.

내가 걷고 있는 곳의 모래는 축축하다. 어떤 곳은 단단하고 발바닥에 닿는 느낌이 이상한데, 또 어떤 곳은 푸석거리고 물렁하다.

내가 바라보고 있는 곳의 모래는 메말랐다. 바람이 불면 쉭쉭 소리가 난다.

나는 네가 죽고 나면 어떻게 될지 상상하곤 했었다. 내 세월은 어떻게 흘러갈까. 나쁘지 않았다. 나는 너와 함께여서 참 많은 것을 누렸을 테고, 너를 잃어서 아주 많은 것을 잃었을 것이다. 더는 무엇도 원치 않게 될 만큼. 전보다 시간 여유가 생겼을 것이다. 나는 적적한 집을 돌아다니는 나를 상상했다. 정원에 있는 나를—매일 누구와도 아무런 대화를 하지 않아 전과 달라진 내 얼굴과 등과 손을 보았다. 나는 내가 수건을 빨아 말린 뒤 개켜 집어넣는 것을 보았다. 샤워는 짧게 했을 것이다. 머리도 짧게 잘랐을 것이다. 매일 아침 똑같은 옷을 입고 매일 밤 옷걸이에 걸었을 것이다. 나는 늙은 남자처럼 보이는 늙은 여자였다. 집을 나설 때 내 고독을 함께 챙겼을 것이다. 빠르지도 느리지도 않은 걸음으로 식료품점 통로를 지나며 장바구니에 물건을 몇 개만 담았을 것이다. 치즈 가격은 걱정하지 않는다. 가끔은 똑같은 냉동식품을 여덟 개나 산다. 점원이나 은퇴한 이웃과 아무런 잡담도 나누지 않았을 것이다. 가끔은 저녁 초대를 받아 집주인(때로는 동네에 새로 이사 온 젊은 부부이거나 너와 함께 알고 지냈던 오래된 친구)에게 줄 선물을 가지고 그 집을 방문하지만, 내가 정확히 8시 반에 아무런 양해도 구하지 않고 떠나면 그제야 모두가 안도했을 것이다.

이제 깨달은 건데, 우리가 함께한 삶 이후의 삶을 그린 이 무성 영화를 상영할 때 너는 그 자리에 있었다. 극장에는 여전히 함께인 우리 둘만 나란히 앉아 있었다. 이 슬픔은 텅 빈 교회도 텅 빈 집도 아니다. 이것은 온통 텅 빈 세상이고 내가 그 안에, 그 세상이 내 안에 있다.

이제 나는 이동하는 수평선 앞에 모호한 반점으로 계속 앞을 향해 가고 있다. 파도 소리는 너만큼 아득하다. 부서지는 파도보다 먼저 밀려오는 이온의 파동은 그만큼 가깝다. 바닷물이 내 셔츠와 피부를 적신다. 나는 내가 빨랫줄에 걸려 있다가 바람에 뽑혀 날아가는 베갯잇처럼 속이 텅 비어 하늘로 올라가는 모습을 보게 될지도 모른다고 생각한다.

첫 파도가 내 발목을 차갑게 감싼다. 내가 여태껏 향했던 곳이 여기인가?

네가 주는 위안이 아직 남아 있을 때 슬퍼하고 싶었다.

다음번 파도가 내 다리를 차갑게 감싸고 내 발밑의 모래를 빨아들이며 물러난다. 나는 깨진 껍데기다.

세상의 종말은 아주 조용하게 일어난다. 빙하처럼 거대한 것들은 참으로 조용하다.

다음 파도 그다음 파도가 밀려든다. 그다음 또 그다음. 나는 나를 물고 늘어지는 물살을 느낄 때까지 계속 간다. 뒤로 누우면 물이 나를 밖으로 밑으로 끌어당긴다. 춥다 춥다. 나는 해초 줄기다.

—

위를 올려다보니 달이 떠 있다. 푸른 하늘 속 창백한 원반. 모양이 아주 완전하지는 않다. 그러다 마침내 사라진다.

평평한 해변으로 빠르게 밀물이 밀려온다. 다가오는 소리가 들린다.

나는 쓸려간다. 팔은 하나뿐. 머리는 없다. 가슴 밑에 텅 빈 자리가 있다.

파도 끝자락에서 작고 반짝이는 새들이 V자로 날개를 펼치고 남쪽에서 북쪽으로 날아간다. 새들은 나중에 되돌아와 총총걸음으로 젖은 모래에 자리를 잡고 지저귄다. 어쩌면 그때와 다른 새들인지도 모른다.

모든 것이 똑같이 움직인다. 새 한 마리도. 새 천 마리도. 바다도. 달도. 하늘이 바다까지 내려온다. 나는 그 아래 어딘가에 있다.

—

태양이 저문다. 나는 태양이 사라지는 것을 본다. 태양은 아주 빠르게 가라앉아서, 나는 태양이 사라지는 것에 미처 대비하지 못한다. 태양은 사라지기 직전에 느려진다. 최후의 순간은 길고 느닷없다. 그다음 순간은 광대하고 요란하다. 하늘과 파도가. 그리고 모든 것이 막 끝났을 때, 사실은 끝난 게 아니다. 태양 언저리의 빨간 곡선이 수평선 밑에서 다시 나타난다. 수평선은 사실 수평선이 아니라 구름 무리일 뿐이니까. 수평선과 바다 사이에 좁고 진주처럼 엷은 하늘이 끼어 있다.

마치 여기 있는 내가, 태양이 다른 대륙에 떠올라 세상 저편에 사는 누군가의 하루가 시작되는 것을 지켜보는 기분이다. 여태껏 나는 이것을 오해하고 있었다. 하늘이 머리 위에 있다고 생각하며, 일출과 일몰을, 시작과 끝을 구분할 줄 안다고 생각했다.

어느 순간에 태양은 시야 안팎으로 동시에 가라앉지만 동시에 전혀 가라앉지 않고 그대로인 것처럼 보인다. 마침내 다 저물었을 때 나는 다시 태양을 보기를 기대한다. 기다려보지만, 이번에는 정말로 사라졌다.

썰물이 나갔다가 밀물이 들어온다. 썰물이 나갔다가 밀물이 들어온다. 내 몸은 나에게 돌아오지 않는다. 초록색 카디건은 날아가 버렸다. 신발은 모래에 뒤덮였다. 달은 점점 기울다가 다시 차오르는데 그러는 내내 나는 혼자다.

까마귀가 낮게 날다가 마지막 순간에 위로 올라 유목 뿌리에 내려앉는다.

바다 어딘가에 있는 나는 고요한 심장에 손을 갖다 댄다.

얼마간 까마귀는 내가 여기 없는 척 굴지만, 결국 나와 짧게 눈을 맞추고, 도로 몸을 돌린다. 그러다 까마귀가 다시 나에게로 몸을 돌릴 때 내가 말한다. "내 까마귀니?"

지금 나는 너를 알아볼까?

까마귀는 까악 하고 네 번 운다. 한 번 까악 울 때마다 온몸이 위아래로 들썩인다.

"나는 더 이상 너를 이해하지 못해." 내가 말한다. 그랬던 적도 없지만.

까마귀가 또 까악 하고 네 번 운다.

"나한테 있는 건 내 눈뿐이야." 내가 말한다. "내 눈을 가져도 좋아."

까마귀는 폴짝 자리를 옮겨 부리 양쪽을 발에 문지르고 또 까악까악 운다.

삼키지 않고 물고 있는 게 너무나도 익숙해진 흰 돌이 생각난다.

"이 돌을 가질래?" 나는 이렇게 말하고 할 수 있는 데까지 멀리 돌을 뱉는다. 돌이 떨어진 자리의 모래가 살짝 파인다. 나는 여태껏 뺨 속에 돌을 간직하고 있었다. 뱉고 나니 후련하다. 까마귀는 모래에 놓인 돌을, 내 슬픔을 또는 내 희망을 물끄러미 바라본다. 고개를 갸웃거리며. 날개를 푸드덕대며. 까마귀는 또 폴짝 자리를 옮겨 다른 방향으로 고개를 갸웃거린다. 그러다 돌 근처 모래에 펄럭이며 내려앉는다. 과장되게 뒤로 점프했다가, 총총 다시 앞으로 간다.

까마귀가 부리를 벌려 돌을 물고 짧게 날아 이동한다. 그리고 발 사이에 돌을 놓고 쪼아댄다. 이쪽으로. 다음에는 저쪽으로. 여러 각도로 시도한다. 그러다 끝내 돌을 물고 날아간다.

사물 자체에 다다랐을 때 할 수 있는 일은, 이해할 수 없는 다른 무언가와 비교하는 것뿐이다. 돌. 까마귀. 절대 가닿을 수 없는 것만이 변함없이 존재한다. 너무 크거나 너무 멀거나 너무 느리게 움직여서 감지할 수 없는 그런 것. 부드러운 것. 깃털 달린 것. 사랑받는 것. 이미 잃어버린 것. 그들은 언제나 진짜 자기 모습 그대로 존재할 것이고, 너는 그들을 부를 이름을 영원히 알지 못할 것이다.

나는 바닷속에 있다. 나는 해변에 있다. 나는 기억하려고 아니면 보려고 노력하고 있다.

나와 나 사이에 있는 공간은 너다. 이것은 미스터리다.

제사題詞에 관한 주

너라는, 그 불확정적이고 난잡하고 광활한 대명사 없이,
우리는 망가지고 추락한다.

주디스 버틀러가 2014년 펜 월드 보이스 축제에서 발
표한 〈분노와 슬픔에 관하여〉에서 발췌.

1   우리는 이야기를 말하는 이야기들, 아무것도 아니다.

페르난두 페소아의 『페르난두 페소아 시집』(에드윈
호니그 번역, 시티라이츠 출판사, 2001년 출간) 중
「아무것도 아무것으로 남지 않는다. 우리는 아무것도
아니다」에서 발췌.

2   나에게는 두 가지 대안이 있다. 삼키거나 달아나는 것.

수전 하우의 『뎁스』(뉴디렉션스 출판사, 2017년 출간)에서 발췌.

3   제가 향하는 도시는 시공간이 불연속적이라 때로는 흩어지고 때로는 응축된다고 말씀드린다 해도, 그 도시를 찾으려는 탐색을 멈출 수 있다고 생각하시면 안 됩니다.

이탈로 칼비노의 『보이지 않는 도시들』(윌리엄 위버 옮김, 하코트 브레이스 요바노비치 출판사, 1978년 출간)에서 발췌.

4   그녀는 자신의 생각이 적힌 푸른 정맥이 돋은 책을 잃어
버렸다.

디온 브랜드의 『파란 서기: 59개 운문으로 된 시론』
(매클렐런드앤드스튜어트 출판사, 2019년 출간)에
서 발췌.

5   세상이 너무 고요하다. 오래된 강이 혼란스러워, 때때로
망각하며 역류하는 소리가 들린다.

찰스 시믹의 『세상은 끝나지 않는다』(하코트 브레이
스 요바노비치 출판사, 1989년 출간)에서 발췌.

6   끝이 우리에게서 달아나면 우리는 어디에 있을까?

엘렌 식수의 『글쓰기 사다리의 세 칸』(세라 코넬·수
전 셀러스 번역, 컬럼비아대출판부, 1993년 출간)에
서 발췌.

7   그런가 하면 배회하는 외로움도 있다. 아무리 어르고 달
래도 잠재울 수 없다. 그것은 제힘으로 살아 있기 때문이
다. 메말라 퍼지는 그 외로움은, 자신의 발소리조차 아득
히 먼 곳에서 들려오는 듯하게 만든다.

토니 모리슨의 『빌러비드』(크노프 출판사, 1987년
출간)에서 발췌.

옮긴이의 말

묘하다는 생각을 했다. 『영원히 계속되다가 끝이 난다』를 번역해 보자고 제안받았을 때 설레는 맘으로 출판사가 이메일에 덧붙인 소개 글을 읽고 온라인으로 간략하게 정보를 검색했었다. 정보 토막들로 얻을 수 있는 건, 조금 특이한 좀비 소설이겠구나, 하는 인상 정도였다. "오늘 나는 왼팔을 잃었다"라는 첫 문장부터 읽어 내려가기 시작했을 때도 인상은 크게 달라지지 않았다. 기억은 흐리지만 생각은 또렷한 좀비의 시선에서 서술된다는 점이 그랬고, 바르도를 떠올리게 하는 호텔에 까닭을 알 수 없이 모여 있는, 어딘가 좀 슬픈 좀비들이 그랬다. 그 안에서 좀비교를 일으키는 좀비 캐릭터는 우습고 색다르게 다가왔다. 그런데 계속 읽다 보니 독특하다고 여긴 요소들이 이 소설을 진짜 좀비 소설로 만들어 주는 것 같다는 생각이 들었다. 그러니까, 좀비의 내면으로 들어가 이야기를 지속하는 진짜 좀비의 소설. 혹은 좀비의 일기라는 표현도 어울릴 것 같다. 작가 앤 드 마르켄은 한 인터뷰에서 이 소설을 통해 좀비를 비메타포화하고 싶었다고 말한다. (A는 B라고 말해버리면 표현하고자 하는 대상도 빗대어지는 대상도 가려지는 것 같고 그게 꼭 상실처럼 느껴진다는 말도 한다. 나는 이와 같이 섣부른 메타포에 대한 경계가 이 책 전반에 녹아 있다고 느낀다). 익숙해진 장르 관습에 기대어 우리가 좀비라는 표상에 떠맡긴 의미들을 걷어 내고, 좀비를 좀비로 본다. 이야기는 거기서부터 시작된다. 어차피 좀비는 허구인데 이게 무슨 소리인가 싶다가도 읽다 보면 겹겹의 메타포를 비껴가는 좀비의 이야기를 자연스레 따라가게 되고, 그게 또 진실처럼 느껴지는 묘한 체험을 하게 된다. 이 소설의 한 대목처럼 "한때 좀비는 약물 중독자였고, 텔레비전 시청자였고, 비디오게임 플레이어였다. 이제 좀비는 좀비다. 소비자가 소비자이듯".

이 소설의 좀비들은 상실한 자들이다. 흔히 좀비물에서 좀비는 세상으로부터 상실된 자들로 나오지만, 이 소설에서는 자리가 역전된다. 주인공은 시작부터 한쪽 팔을 잃고 2번 재니스는 새끼손가락을, 미첩은 남근을 잃는다. 그리고 모두가 이름을 잃고 기억을 잃는다. 이게 다가 아니다. 주인공은 계속해서 무언가를 잃는다. 축적되는 상실이 이 소설의 얼개를 이룬다고 할 수 있다. 주인공이 잃은 '너'는 말을 건네는 대상으로 계속 빈자리를 드러내고, 마르그리트의 소멸은 세상의 종말과도 같은 개기 일식의 이미지로 그려진다.

이후로도 주인공은 잃는다. 사랑하는 이의 상실, 시간의 상실, 몸의 상실, 정체성의 상실, 사물 사이 공백을 채우는 의미의 상실 등등이 동시다발적으로 일어난다.

상실의 겹이 두터워질수록 상실하는 대상을 분간하는 게 큰 의미가 없어진다. 나아가 무엇을 상실했느냐 못지않게 상실 이후에 무엇을 얻느냐에 주목하게 된다. 주인공의 곰곡에 들어 있는 싸바귀. 무인가를 잃어버린 내신 싯세 뙨 굶주림. 이 굶주림은 채워지지 않는다. 이 소설에 등장하는 구멍은 주인공의 내면에도 존재한다. 빵 끈을 삼키고 핀셋을 삼켜도 굶주림은 채워지질 않는다. 삼켜진 것들은 대체 어디로 떨어지는가. 세포들이 분열을 멈춘 좀비가 먹어치우는 것들은 어디로 내려가는가?

이 소설에서 상실과 무한한 굶주림의 관계는 결국 슬픔과 떼어놓을 수 없다. 『영원히 계속되다가 끝이 난다』에는 챕터마다 멋진 제사가 나오는데, 책 전체를 아우르는 제사는 주디스 버틀러의 말이다. "너라는, 그 불확정적이고 난잡하고 광활한 대명사 없이, 우리는 망가지고 추락한다." 2014년 연설에서 발췌한 문장인데, 이 연설에서 버틀러는 앤 카슨의 문장을 빌린다.

비극은 왜 존재하는가? 당신이 분노로 가득 차 있기 때문이다. 당신은 왜 분노로 가득 차 있는가? 당신이 슬픔으로 가득 차 있기 때문이다. 인간 사냥꾼에게 왜 인간의 머리를 자르냐고 물어보라. 그는 분노가 자신을 그렇게 추동하며 분노는 슬픔에서 비롯된다고 말할 것이다. 희생자의 머리를 잘라 던져버리는 행위를 통해 그는 모든 상실로 인한 분노를 내던질 수 있다.

작가가 복수의 인터뷰에서 밝히고 있듯, 이 문답이 이 책의 핵심을 관통한다. 살아 있지 않은 존재가 굶주림을 느끼는 것이 가능한지, 무엇을 위해 굶주림을 느끼는지 선뜻 답을 내리기는 어렵다. 그 굶주림은 다른 무언가가 아닐까. 이 소설 속 주인공은 그 무한한 비어 있음의 상태가, 무언가를 잡아먹어서 공허함을 채우려는 폭력적 충동이, 상실로 인한 슬픔 때문이라는 것을 거듭 깨닫고 되새긴다. 그러한 대목마다 자연스레 앞의 문답이 떠오른다. 비극은 왜 존재하는가? 분노로 가득 차 있기에. 왜 분노하는가? 슬픔으로 가득차 있기에. 이 소설은 거듭거듭 이 문답을 되풀이하며, 얼마나 많은 상실을 겪어야 우리가 자신을 잃게 될지 실험하는 것처럼 보인다. 그리고 그다음에 무슨 일이 벌어질지까지 거침없이 상상한다.

다매체 예술가로 활동하는 앤 드 마르켄의 배경을 알고 나면 이 책을 읽는 게 좀 더 흥미로워진다. 앤 드 마르켄은 글을 쓰는 작가이면서 출판사 'The 3rd Thing'을 운영하는 출판인이자 편집자이고 영상과 설치미술을 만드는 미디어

아트 작가이기도 하다. 그 모든 창작의 세계를 하나의 주제로 묶어 이야기하는 것을 작가는 단연 바라지 않으리라 생각하지만, 앤 드 마르켄의 창작 활동을 소개할 때 특히 자주 등장하는 단어가 '상실'이다. 2016년에 진행된 편집 프로젝트The Redaction Project는 작가의 미공개 단편 소설 원고를 소재로 삼아, 편집 과정에서 지워진 단어들을 공백(글씨 위에 검게 칠해진 상자)으로 전시해 보이고, 궁극적으로는 섬널되고 삭제된 단어들로 새로운 텍스트와 시각적 패턴을 창조해 낸다. 이때 앤 드 마르켄은 단어를 물성을 지닌 사물로, 따라서 편집을 상실의 과정으로 인식한다. 그리고 검게 칠해져 가려진 단어들이 그 자체로 새로운 구성의 도구가 될 수 있음을, 단순한 부재가 아닌 존재로서 거기 있음을 선언한다. 『영원히 계속되다가 끝이 난다』에서도 이와 비슷한 시도가 이뤄지는 듯하다. 지워지고 잊히고 상실된 것들 사이에서 부대끼며, 정처 없으나 계속 어딘가로 나아가는 주인공의 형상을 통해서 말이다.

앞에서 언급한 주디스 버틀러의 2014년 연설〈분노와 슬픔에 관하여On Rage and Grief〉는 『영원히 계속되다가 끝이 난다』와 더없이 잘 어우러진다. (주디스 버틀러의 아름다운 낭독 영상과 전문은 온라인에 무료로 공개되어 있으니 검색해 읽어보는 것 또한 추천한다). 이 연설에서 주디스 버틀러는 누군가를 또는 무언가를 상실했을 때 우리가 처음부터 타인과 연결되어 있다는, 우리를 일으켜 세우고 동시에 무너뜨릴 수도 있는 그 관계에 꼼짝없이 묶여 있다는 사실이 비로소 현현한다고 말한다. 상실을 겪었을 때 애도하는 것을 넘어 내가 발 딛고 있는 기반이 사라지고 나라는 존재가 송두리째 흔들리는 것은 그래서다.『영원히 계속되다가 끝이 난다』에서도 여러 번 반복되는 표현처럼, 그런 삶은 "견딜 수 없는 일"이 된다. 주디스 버틀러는 이런 멋진 말도 한다.

만일 내가 너 없이 살 수 있고 그렇게 살고 있다고 한다면, 그 이유는 오직 하나, 말하자면 내가 나에게 말을 건네는 대상으로서 너의 자리를 잃지 않았다는 것이다.

나에게는 이 문장이 마치『영원히 계속되다가 끝이 난다』의 주인공이 하는 말처럼 느껴진다. "나와 나 사이에 있는 공간은 너다. 이것은 미스터리다"라는 마지막 문장으로 되풀이되는 듯도 싶다. 주인공을 따라 영원히 채워지지 않을 빈자리를 어루만지며 슬퍼하는 것이 이 책을 읽으며 내가 체험한 것이다. 그런 점에서 이 책은 비폭력으로 나아가는, 슬프고 아름다운 애도의 기록으로 다가온다. 고백하자면 처음 번역할 때는 자연스럽게 서간체를 썼다가 다듬는 과정에서 수정했다. 조심스러움 때문이기도 했고, 어떤 문체를 고르든지 '너'에게 전달된다는 사실은 흐려지지 않으리라는 합리화도 작용했다. 여하간 처음부터 끝까지 너를 향한 이야기다. 정확히는 그 빈자리에 건네는 말들이다. 이야기는 나와 나 사이에 너라는 공간이 있노라고 말할 수 있게 되기까지 계속된다. 묘하고 모호하게, 그러나 선명한 언어와 강렬한 감정으로.

영원히 계속되다가 끝이 난다

초판 1쇄 찍은날	2026년 3월 23일
초판 1쇄 펴낸날	2026년 4월 1일
지은이	앤 드 마르켄
옮긴이	송예슬
펴낸이	한성봉
편집	안태운·김학제·김정택·박소연
콘텐츠제작	안상준
디자인	최세정
마케팅	오주형·박민지·이예지·정효인
경영지원	국지연·송인경
펴낸곳	허블
등록	2017년 4월 24일 제2017-000050호
주소	서울시 중구 필동로8길 73 [예장동 1-42] 동아시아빌딩
페이스북	facebook.com/dongasiabooks
인스타그램	www.instagram.com/hubble_books
X(트위터)	x.com/in_hubble
블로그	blog.naver.com/dongasiabook
홈페이지	hubble.page
전자우편	dongasiabook@naver.com
전화	02) 757-9724, 5
팩스	02) 757-9726
ISBN	979-11-93078-88-4 03840

※ 허블은 동아시아 출판사의 문학 브랜드입니다.
※ 잘못된 책은 구입하신 서점에서 바꿔드립니다.

만든 사람들

책임편집	안태운
크로스교열	안상준
표지그림	유리
디자인	최세정